로크미디어가
유혹하는
재미있는 세상

달빛
조각사

달빛 조각사 16

2009년 5월 27일 초판 1쇄 인쇄
2009년 5월 30일 초판 1쇄 발행

지은이 남희성
발행인 이종주

편집장 손수지
기획 팀 김명국, 이주현
책임 편집 이세종

발행처 (주)로크미디어
출판등록 2003년 3월 24일
주소 서울시 용산구 청파동3가 119-2 진여원BD 5층
Tel (02)3273-5135 Fax (02)3273-5134
홈페이지 rokmedia.com · **E-mail** rokmedia@empal.com

ⓒ 남희성, 2007

값 8,000원

ISBN 978-89-257-1020-4 (16권)
ISBN 978-89-5857-902-1 04810 (세트)

이 책은 (주)로크미디어가 저작권자와의 계약에 따라
발행한 것이므로 본서의 내용을 무단 복제하는 것은
저작권법에 의해 금지되어 있습니다.

작가와의 협의에 의해 인지는 생략합니다.
잘못된 책은 바꾸어 드립니다.

달빛 조각사 16

남희성 게임 판타지 소설

차례

수배령 7

인도자들의 동맹 51

인도자의 권능 93

무적의 병법서 125

제갈공명의 계략 151

블랙 드래곤 185

위드의 이상형 217

전장의 사령관 249

폭군의 귀환 277

수배령

엠비뉴 교단 신전 내부에는 암흑 기사들이 질서 정연하게 자리 잡고 있었다. 그리고 화려하기 짝이 없는 장식물들.

진열되어 있는 기사의 갑옷의 재질은 미스릴과 아다만티움이었고, 사용된 적이 없는지 보석처럼 빛났다.

바닥에는 최고급 양탄자가 깔려서 푹신했고, 천장에는 에메랄드와 사파이어를 깎아서 만든 샹들리에가 있다.

"의식이 실패했어? 그리고 의식에 필요한 도구들까지 강탈을 당해?"

엠비뉴 교단 11지파의 대신관 페이로드의 질책에 사제들과 암흑 기사들은 머리를 조아렸다.

"면목이 없습니다, 페이로드 님."

대신관 페이로드는 뚱뚱한 비만 체형에, 로브를 뒤집어쓴 탓에 얼굴은 안 보였다.

하지만 대신관의 후면에 있는 황금으로 만들어진 악신 엠비뉴의 동상은 유독 두드러지게 드러났다. 12개의 손에 서로 다른 무기를 하나씩 든 채 인간, 엘프, 드워프, 드래곤 등의 종족을 죽이는 형상이었다.

섬뜩함이 풍기는 황금 동상은 불길한 안개 같은 것에 슬며시 감싸여 있었다.

"모든 역량을 동원해서 우리의 행사를 방해한 자를 죽여라. 그리고 그가 가져간 마탈로스트 교단의 물건들을 반드시 회수하라."

"대신관님의 명에 따릅니다."

사제들과 암흑 기사들이 깊숙이 허리를 숙였다.

띠링!

엠비뉴 교단의 적대자!
엠비뉴 교단은 가장 파괴적이고 비열한 악신을 신봉하는 무자비한 집단입니다.
점령과 포교를 위해서는 수단과 방법을 가리지 않았던 탓에 베르사에

있는 교단들과는 한 뼘의 땅과 한 모금의 물도 나누어 마실 수 없는 사이.
엠비뉴 교단의 11지파에서는 그들의 의식을 방해한 자를 공적으로 선포하고 추격자들을 동원합니다.
추격자들의 구성 : 중급 암흑 기사 10명.
　　　　　　　　　사제 3명.
　　　　　　　　　병사 100명.

-엠비뉴 교단에서 위드 님에게 수배령을 내렸습니다.
추격자들이 남겨진 흔적을 쫓아오게 될 것입니다.

위드는 메시지 창과 함께, 엠비뉴 교단 내에서 일어난 일의 영상을 볼 수 있었다.

"추격자라… 귀찮아지겠군."

살인 등으로 악명이 심하게 높아지면 왕국에서 추격자들을 보내는 경우가 있다.

그런 추격자들은 상당히 재빠르게 흔적들을 쫓아왔다.

첫 번째 추격자들이 실패하더라도, 금세 두 번째 추격자들이 쫓아온다. 그다음 번의 추격자들은 더 방대한 인원에, 뛰어난 실력을 갖춘 이들로 선발된다.

추격자 무리로부터의 완벽한 도주는 사실상 불가능!

언젠가는 반드시 잡힌다.

이동속도가 빠르며 은신 스킬을 가지고 있는 도둑이나 암살자라고 해도 얼마나 오래 버티느냐의 차이가 있을 뿐이다.
 추격의 횟수가 누적될수록 뛰어난 도둑이나 암살자 등도 포함되기 때문.
 위드는 긍정적으로 생각하기로 했다.
 "언젠가 이런 일이 벌어지리라 예상은 하고 있었지."
 지금까지 아무 일도 안 생겼던 게 행운!
 퀘스트를 해결하면서 원한 관계가 쌓일 만큼 쌓였으니 쫓긴다고 해도 놀랄 일은 아니다.
 어쨌든 이곳의 퀘스트들을 완수하는 게 우선이었다. 보상이 굉장한 연계 퀘스트들이 쌓여 있었으니까.
 위드의 곁에는 쓸모가 많은 빙룡과 불사조, 누렁이까지 있었다. 마탈로스트 교단의 수호 기사들은 통곡의 강 주변을 떠나지 못할뿐더러, 교단의 신전을 지켜야 하는 임무 때문에 퀘스트에 따라오지 못했다.
 빙룡이 등장하자 불사조들은 날개를 늘어뜨리고 머리를 조아렸다.
 바로 큰형님 대우!
 누렁이도 온순한 한우답게 순종의 뜻을 드러내었다.
 빙룡은 거드름을 피웠다.
 "너희가 수고가 많다."
 "아닙니다, 선배님. 다 선배님이 닦아 놓으신 길을 그냥 이용만 하고 있을 뿐입니다."

누렁이가 유난히 친근하게 굴었다.

"알고 있구나. 우리 때는 선배들의 말씀이라면 항상 귀를 기울여서 들었지."

"저희에게 세상을 살아가는 지혜를, 특히 못된 주인 밑에서 버텨 내려면 어떻게 해야 하는지를 알려 주시지요."

빙룡은 선배 대우에 크게 만족해서 그들에게 생활에 꼭 필요한 정보들을 말해 줬다.

"아무리 배고플 때라도 밥은 신중하게 먹어야 된다. 절대 주인 있는 근처에서 먹지 마. 밥 많이 먹는다고 구박받는다. 사냥감들에서 나온 고기도 함부로 먹어서는 안 돼. 맛있고 싱싱한 고기는 일단 내다 팔아야 되거든."

누렁이와 불사조들은 이해하고 또 공감했다는 뜻으로 머리를 끄덕였다.

"결국 주인이 주는 밥만 먹으면서 살아야 되는군요? 맛있는 고기는 언제 먹을 수 있나요?"

"몰래 먹어야 돼. 야산이나 구덩이, 그런 장소에서 배를 채워야 된다. 주인은 항상 우리를 배고프게 만드는 재주가 있거든. 뭐. 배에 기름이 차면 게을러진다나? 음식은 가리지 말고 먹어 놔."

"과연 선배님이십니다."

"생활 속에서 배운 지혜지. 너희도 지나면 다 알게 될 테지만, 고생하지 말라고 미리 알려 주는 거야. 그리고 주인이랑 같이 사냥할 때 있지?"

"많이 있죠. 혼자만의 시간을 가지고도 싶은데 우리를 늘 끌고 다니니까요."

"잡템들 조심해. 잡템들이 적게 나왔을 때는 신경이 예민해진다. 그런 날에는 눈에 안 띄는 게 좋고, 사냥도 열심히 하는 척해야 되거든."

"오오, 그런 거였군요!"

"무기나 방어구 나오면 엄청 기뻐한다. 5분 전까지만 해도 있는 대로 짜증을 부리다가도 방긋방긋 웃으니까. 그럴 때는 가까이 다가가서 존재감을 각인시켜야 돼."

"왜요?"

"우리의 역할을 과시해야 되거든. 얼마나 잔소리가 많고 구박을 하는지……."

평화로운 생존을 위한 필수적인 정보들!

빙룡은 선배 노릇을 톡톡히 하고 있었다.

위드는 마탈로스트 교단의 신물인 죽음의 상을 꺼냈다. 연계 퀘스트를 하기 위함이었다.

죽음의 상이 입을 열었다.

-지옥과 가까운 장소에서, 3개의 부족과 마탈로스트 교단은 약속했다. 그들을 위협하는 어떤 적과도 함께 싸우고자 하는 약

속의 동맹이다.

약속의 동맹을 일으키기 위해서는 동맹의 증표인 지팡이가 필요하다.

지팡이를 가지고 가서 그들 부족을 설득하라.

수배령을 피해서 최선을 다해 달아나야 하리라.

띠링!

인도자들의 동맹 (1)
엠비뉴 교단에 반격하기 위해서는 130년 전에 맺었던 동맹이 필요하다. 하지만 현재는 동맹의 당사자들이 모두 죽은 후라서 후손을 설득하는 임무가 만만치는 않으리라.
능숙한 타협가의 화술, 담대한 마음을 필요로 하며, 실패한다면 나무에 목이 내걸릴 수도 있다.
큰 위험을 안고 떠나야 한다.
동맹 부족을 만나기 전에 엠비뉴 교단에서 보낸 추격자들은 큰 우환거리가 되리라.
이 대지에 있는 다른 부족들은 엠비뉴 교단의 지배를 거스르지 못하기에 그들의 눈도 피해야 한다. 동맹 3개의 부족을 제외하면 어떤 장소에서도 안심할 수 없다.
인도자들의 동맹을 부활시키고 엠비뉴 교단의 요새를 점령하라.
동맹을 이루어 내면 마탈로스트 교단의 성물인 약속의 지팡이를 사용할 수 있게 된다.
연계 퀘스트, 마탈로스트 교단의 포로 구출, 엠비뉴 교단 11지파의 파멸, 마탈로스트 교단의 숙원과 이어짐.
난이도 : S

보상 : 막대한 명성과 카리스마.
퀘스트 제한 : 총 3단계 퀘스트.
모두 성공적으로 완수해야 함.
엠비뉴 교단의 요새를 점령하면 1단계 퀘스트 완료. 퀘스트의 진행 요건들을 충족시키면 2단계 퀘스트로 이어지게 됨.
추격자들에게 지팡이를 빼앗기면 실패.
퀘스트 실패 시에는 마탈로스트 교단과 관련된 모든 연계 퀘스트가 중단됨.

드디어 위드에게 등장한 S급 난이도의 퀘스트!

"올 데까지 왔구나."

위드는 눈을 질끈 감았다.

3개의 부족과 동맹을 이루어 내고 엠비뉴 교단의 요새를 파괴할 것!

단순히 그걸로 끝나지도 않는다.

이조차도 기나긴 퀘스트의 1차 목표일 뿐!

보상은 당연히 어마어마하겠지만 심적인 부담감도 느껴졌다.

'내가 보통의 조각사가 아니긴 하지만…….'

조각사 한정 퀘스트에서 시작된 의뢰!

위드는 대륙을 일통한 이들에게만 부여된다는 수식어까지 있는 전설의 달빛 조각사다. 빙룡, 불사조, 누렁이 등의 부하까지 있으니 남들보다는 훨씬 유리한 입장이다.

엠비뉴 교단의 의식 방해 퀘스트만 하더라도 난이도가 높았다.

무려 A급.

난이도가 B급 이상이 되면, 크든 작든 베르사 대륙에 영향을 미친다.

의식 방해 퀘스트는 A급의 난이도에서는 다소 쉬운 축에 드는 의뢰였지만, 마탈로스트 교단의 수호 기사들을 다루기 위해서는 통솔력과 지휘 능력을 필요로 했다.

미리 준비된 조각품들과 카리스마, 신속한 전술의 결정이 없었다면 꽤나 까다로울 수도 있었던 의뢰!

다른 어려운 의뢰들이었던 진혈의 뱀파이어족이나 불사의 군단과 싸울 때에는 얼마나 많은 고생을 했던가.

진혈의 뱀파이어들을 상대할 때는 첫 사냥도 실패하고 맥없이 죽었다. 리치 샤이어와의 싸움에서도 죽었고, 본 드래곤의 브레스에도 말 그대로 녹았다. 저항할 시간적인 여유도 없이!

조각 검술, 조각품에 생명 부여, 조각 변신술, 조각 파괴술, 죽음을 거부할 수 있는 힘. 가지고 있던 모든 기술들을 활용하고 맷집, 인내력, 갈고닦은 검술 등을 활용해서 버텨 왔다.

그렇게 위험한 퀘스트들을 헤쳐 나온 위드였지만, 이번에는 난이도 S급의 의뢰가 나온 것이다.

조각품 군단을 몰고 다니는 강대한 조각사의 영주!
 위드의 막연한 장래의 꿈이었지만, 만들어서 생명을 부여했던 조각품들의 일부는 목숨을 잃었다.
 전설의 달빛 조각사라는 직업 그리고 조각품 부하들의 효과를 여기서도 무턱대고 기대할 수는 없었다.
 난이도 S급의 의뢰는, 정말 혼신을 다해서 부딪치지 않는다면 영영 해결하지 못할 미해결 의뢰로 남게 될지도 모르니까.
 남들은 S급 의뢰를 구경도 못하는 현실을 감안한다면 축복이라고만 볼 수도 없었다.
 위드는 눈을 감은 채로 생각에 잠겼다.
 '여기서 포기한다면… 아마 명성과 신뢰도 등이 상당히 떨어지겠지.'
 난이도가 높은 의뢰, 특히 연계 퀘스트들은 도중에 중단했을 때의 손실도 엄청나다. 풀기 어려운 저주를 받거나, 명성이나 공헌도 등 쌓아 온 소중한 자산을 잃을 수도 있다.
 위드의 마음의 결정이 내려졌다.
 '받아들이자.'
 퀘스트를 포기해서 받는 피해나 실패해서 받는 피해나, 크게 다르지는 않을 것이다.
 죽음을 거부할 수 있는 힘 때문에 최악의 경우에도 목숨을 두 번 잃어야 할 뿐!
 최악의 상황까지도 각오한 채 부딪쳐 보기로 한 것이다.

약해지려는 마음을 다잡을 수 있었던 건 자신감 때문이었다.

약하다면 강해질 때까지 도전한다.

옷 오백 벌의 단추를 꿰고, 밤을 새워서 인형 눈을 붙일 때!

성공을 위해서 노가다의 분량을 지금보다도 더 늘리면 되는 것이다.

"긴 시간이 지났다고 해도 친구란 믿을 수 있는 존재일 것입니다. 약속의 동맹은 반드시 지켜질 것입니다."

―퀘스트를 수락하셨습니다.

대도시 네할레스.

로자임 왕국과는 오래된 앙숙인 브렌트 왕국의 수도.

과일을 팔던 행상인들이 유저들을 향해 말했다.

"아가씨, 로자임 왕국 출신의 위드에 대해서 들어 보았나?"

"네? 위드요?"

소환사인 세이링은 대충 하는 말인 줄 알고 흘려들으려고 했다. 가끔 정보를 줄 때도 있지만 도움이 되는 건 흔치 않았으므로!

"로자임 왕국 출신이라면… 모험가나 전사 출신의 유명

한 위드에 대해서는 잘 모르는데. 혹시 조각사 위드 말씀이세요?"

피라미드를 만들었다는 대조각사 위드!

세이링은 동부 쪽을 관광하고 있었다. 로자임 왕국에도 먼저 들렀으므로 위드에 대해서 알았다.

"아가씨도 알고 있군. 그 위드가 이번에 굉장한 의뢰를 수행하고 있다고 해!"

"어떤 의뢰인데요? 혹시 다른 왕국의 국왕 폐하라도 만났나요?"

세이링과 행상인의 대화에 다른 유저들도 끼어들었다.

"무슨 일이야?"

"조각사 위드가 퀘스트를 한다는데……."

"그 유명한 조각사 위드?"

브렌트 왕국에서도, 로자임 왕국을 유명하게 만든 조각사 위드에 대해서는 대부분 알고 있었다.

"그 조각사 위드라면 이번에 모라타 백작이 되었잖아."

"무슨 퀘스트를 하는 거지?"

"쉿! 들어 보자."

세이링은 갑자기 모여든 유저들로 인하여 제법 당황했다.

위드가 이토록 인기가 있을 줄은 몰랐기 때문!

브렌트 왕국의 유저들은 로자임 왕국에 원정 가서 사냥을 하는 경우도 많았다. 피라미드의 효과는 정말 굉장한 도움이

되었다.

브렌트 왕국에서 조각사의 인기는 최고조였다.

로자임 왕국 출신의 유저들은 빛의 탑이 있는 북부의 모라타까지 먼 거리를 이동했다는 소문도 파다했다.

위드가 즐겨 먹었다는 풀죽과 보리 빵은 이미 명물로 진화!

해산물 풀죽, 버섯 풀죽, 닭고기 풀죽, 쇠고기 풀죽까지, 자매품도 등장했다.

보리 빵은 영양가를 높이고 고소하게 구워 내서 간식으로 인기 만점이었다.

요리에도 정통한 위드가 피라미드를 만드는 일꾼들에게 배급했다는 전설이 담겨 있는 음식들.

— 여러 아류들이 있지만 위드가 직접 만들어 주었던 피죽 그리고 잡초 죽만큼의 담백하고 고소한 맛은 없지.

위드의 죽을 먹어 본 이들로 인하여 그 이야기는 거의 민간 전설 수준으로 퍼져 있었다.

행상인은 곤란하다는 듯이 고개를 저었다.

"베르사 대륙의 암흑과 공포를 지배하는 엠비뉴 교단에 대해 알고 있는가?"

"네? 무슨 교단요?"

행상인의 입에서 나온 엠비뉴 교단이라는 말!

세이링을 포함하여 브렌트 왕국 유저들은 처음 듣는 이름이었다.

"암흑과 공포를 지배하는 엠비뉴 교단. 고대의 음험한 무리가 여전히 활동하고 있다는군."

"엠비뉴 교단이라니, 처음 들어 봐요."

"입에 올리는 것조차도 부정한 이름이라서 웬만해선 꺼내지 않았지."

"조각사 위드와는 무슨 관계가 있나요?"

"위드가 엠비뉴 교단에 적대하고 있는 모양이야. 조각품의 기원을 추격하는 여행 중에 알게 된, 역사에만 남아 있는 교단을 위하여 엠비뉴 교단과 투쟁하고 있는 것 같던데. 추격자들이 몰려오는데도 베르사 대륙을 위한 동맹을 재건하려고 한다는군."

S급 난이도 퀘스트.

명성이 높은 위드가 받아들이면서, 베르사 대륙의 거의 모든 NPC들이 이야기를 하기 시작했다.

"조각사 위드에 대해서 알고 있나? 그에 대해서 좀 더 많은 것을 알고 싶어지는군."

"그 조각사가 로자임 출신이라는 게 정말 아쉽기만 해."

"모라타는 얼마나 아름다운 장소일까? 예술과 용기를 가지고 있는 조각사가 다스리는 지방이라니, 틀림없이 신비로운 모험이 있는 마을이겠지?"

"원소술사라고? 자네는 내게 의뢰를 받을 수 있을 정도로 실력이 뛰어나지 못하군."

자작 보르드만은 냉소를 지으며 거절했다.

셀시아는 무안함에 로브의 옷깃을 매만졌다.

"아무래도 저는 안 되나 봐요."

헤겔과 나이드, 셀시아, 트위터는 학교 과제를 위한 퀘스트를 끝내고 난 이후에도 곧잘 뭉쳐서 다녔다.

헤겔의 경우에는 흑사자 길드에서 이런저런 지원을 받을 수 있었지만 매번 도와 달라고 하기도 눈치가 보였다. 흑사자 길드는 높은 수준의 유저들만 모여서, 헤겔과 함께 사냥을 하고 퀘스트를 해결하러 다닐 만한 동료가 없었다.

친구들과 함께 다니면서 능력도 과시하고 여자들과도 친해지는 일석이조의 기회!

헤겔이 자신 있게 나섰다.

"일단 내가 의뢰를 받고 나면 공유해 줄게."

헤겔이 동료로서 셀시아를 받아들이면 된다.

물론 공유가 가능한 퀘스트여야 한다는 전제 조건은 있었지만.

"제가 도와 드리겠습니다."

보르드만은 코웃음을 쳤다.

"자네 주제에? 자네는 중간에 포기한 의뢰들이 많다지? 그래서 믿을 수 없는 존재라는 소문이 났어. 수르 왕국의 귀족들은 자네에게 어떤 의뢰도 맡기려고 하지 않을걸."

보르드만에게 당한 굴욕!

헤겔의 얼굴이 붉게 달아올랐다.

"조각사 위드처럼 재능이 넘치는 이라면 나의 고민을 해결해 줄 수 있을 텐데……. 그처럼 대단한 이는 바쁘고 해야 할 일도 많을 테니 내 의뢰까지 도와줄 수는 없겠지."

그런데 보르드만이 이렇게 한마디를 덧붙이는 것이었다.

"위드 형요?"

"조각사 위드에 대해 알고 있나? 그는 베르사 대륙의 모험가들에게 좋은 본보기가 될 만하지. 그처럼 뛰어난 모험가는 일찍이 없었어. 자신을 던져서 어려움을 겪고 있는 이들을 도와주고 세상을 바로잡았지. 대륙에 불안정한 평화가 그나마 지속되고 있는 이유가 무엇 때문이겠는가. 조각사 위드가 있기 때문이 아니겠는가?"

헤겔은 어처구니가 없었다.

일행에게는 악담을 퍼붓던 보르드만이 위드에게는 극찬을 아끼지 않고 있었다.

"그 위드가, 그 누구도 도전하지 못하던 엠비뉴 교단의 악행을 저지했다는군. 엠비뉴 교단의 추격대가 결성되었지만 절대 사로잡히지 않을 거라고 믿어."

헤겔은 한마디 해 주고 싶었다.

'제발 잡혀서 죽었으면 좋겠다고!'

보르드만의 찬사가 이어졌다.

"위드는 정말로 대륙의 평화를 지키는 훌륭한 조각사라고 할 수 있지. 조각술의 근원에 다가가는 긴 여정에서 엠비뉴 교단을 저지하고 있는 것 아닌가. 조각술에는 많은 비밀이 숨겨져 있는 모양이야."

흑사자 길드의 채팅 창도 폭주하고 있었다.

프로방스 : 조각사 위드가 엄청난 퀘스트, 최고 난이도의 퀘스트에 도전하는 중인 모양입니다. 주민들이, 병사들이 모두 위드에 대해서 말하고 있어요.

제크트 : 프로방스 형, 저도 듣고 있어요.

프로방스 : 지금 어딘데?

제크트 : 젠 왕국의 네리아라는 작은 마을요. NPC들이 위드에 대해서 이야기하네요.

시엔 : 난 브리튼 연합 왕국인데, 여기에서도 위드에 대한 말들을 하고 있어.

파인 : 대륙 서부의 시골 마을. 이곳에서도 위드에 대한 이야기를 들을 수 있다.

시엔 : 파인 아저씨, 정말요?

흑사자 길드의 채팅 창에 따르면 베르사 대륙 전역의 NPC들이 위드에 대해 말한다고 한다.

프로방스 : 이 난리가 일어나다니, 도대체 무슨 퀘스트야?
제크트 : 끝내주는 퀘스트, 조각술과 관련된 퀘스트라는 점은 확실하겠죠.
빈델 : 조각사라니……. 요즘은 정말 대단한 조각사를 많이 보게 되는군.
프로방스 : 빈델 형, 어떤 의뢰일까요? 그리고 설마 혼자 하는 건 아니겠죠?
빈델 : 나도 전혀 몰라. 과연 누구랑 같이하는 것일까. 쿠르소에서 만난 조각사 드워프랑 좀 더 친해질 걸 그랬군. 그랬더라면 조각술에 대해서 좀 더 들을 수 있었을 텐데.

난이도 A급의 의뢰를 성공시키고 난이도 S급의 의뢰를 받아들인 파장은 컸다. 크라마도의 던전에서 보여 주었던 활약에 이어서 이제는 베르사 대륙 전체에 이름을 날리다니.
헤겔의 아픈 속을 전혀 모르는 듯이 셀시아가 말했다.
"어쩜 좋아. 위드 오빠 진짜 대단한 퀘스트 하고 있나 봐."
트위터도 흥분된 기색이 역력했다.
"내 친구들한테도 귓속말을 보내 봤는데, 베르사 대륙에서 모르는 사람이 없대."

헤겔의 속이 심하게 쓰려 왔다.
이제 학교에서 위드에 대해 모르는 사람이 없게 될 테니까.

"들었어요? 위드라는 조각사가, 조각술로 엠비뉴 교단에 맞서고 있다는 사실을요."
유로키나 산맥에 있는 다크 엘프 아가씨는 사람이 가까이 다가오면 이렇게 속삭였다.
"엠비뉴 교단은 우리에게도 적!"
"모든 종족의 적이에요."
귀엽고 날씬한 다크 엘프들은 엠비뉴 교단에 대한 적개심을 감추지 않았다.
검치 들은 재빨리 머리를 굴렸다.
평소에는 무겁고 각이 진 것처럼 안 돌아가던 머리였지만 어떤 식으로 살아야 되는지, 위드에게서 훈련받았다.
'무조건 호응해 준다.'
'간도 쓸개도 다 내줄 것처럼.'
검삼백육십치가 고개를 끄덕였다.
"엠비뉴 교단은 저희가 없앨 겁니다. 위드가 나섰으니 우리에게도 적이죠."
"조각사 위드에 대해서 알고 있나요?"

"우리는 사형제지간입니다. 가족과도 마찬가지라고 할 수 있죠."

"어쩌면! 너무 늠름해요."

매력적인 다크 엘프들과의 친밀도 증가!

검치 들은 위드에게 고마운 마음이 들었다. 강해지기 위한 노력도 갈수록 커지고 있었다.

검술 스킬의 마스터, 사냥을 통한 레벨 향상!

"누렁아, 천천히 가자."

위드는 간단한 수레를 만들어서 주정뱅이 용병 스미스를 태웠다.

퀘스트의 난이도 자체로도 부담이 큰데, 설상가상으로 추격자들까지 따라붙는다고 한다.

'무턱대고 서둘러서 될 일이 아니지.'

위드는 냉철하게 상황을 분석하고 의도적으로 여유롭게 행동했다.

난이도 S급의 의뢰를 해결하기 위해서는 마음이 급해지면 안 된다. 시야가 좁아지면 바늘구멍보다 작은 기회조차도 사라지게 된다.

추격자들이 따라붙는 것도, 따지고 본다면 의미 있는 시간이고 기회다.

"인생이란 밑바닥까지 떨어지기가 무서울 뿐, 정작 밑바닥에서는 평화로운 법."

최악의 난이도를 가진 퀘스트에서 오히려 평온함을 느끼는 위드!

정찰과 주변 지역에 대한 정보 제공은 빙룡이 맡고 있었다.

"그런데 빙룡아."

"왜 부르는가, 주인."

빙룡과 불사조 오형제가 공중에서 호위를 한다.

어지간한 몬스터라면 겁을 집어먹고 도망칠 수밖에 없는 광경!

빙룡의 더 거대해진 몸집에, 불사조들이 지나간 자리에는 붉은 궤적이 남았다.

"너 지금까지 어디에서 뭘 하고 있었기에 여기까지 굴러들어 왔냐?"

"그게……."

"앉아서 말해. 하늘 올려다보기 힘들다."

"알았다, 주인."

빙룡은 날개를 접고 지상에 안착했다.

얼음으로 만들어져 부족하던 몸!

조금만 더워도 얼음물을 질질 흘리던 빙룡이었다. 덩달아 능력이 약화되는 것은 두말할 나위도 없는 일.

지금 날씨가 바람도 불고 시원하기는 했지만 빙룡은 완벽한 정상 컨디션 같았다.

몸집도 훨씬 더 커지고, 발휘할 수 있는 힘도 늘었다.

땅에서 걸음마를 할 때에는 무게 때문에 비틀거렸는데 지금은 날개를 활짝 펼치고 상체를 숙여서 고개를 가까이 내릴 수 있는 수준!

빙룡의 위엄 있게 잘 만들어진 주둥이가 쩍 벌어졌다. 흰 수염이 탄력 있게 흔들렸다.

"그러니까… 내가 주인을 떠난 후였다."

모라타를 떠난 빙룡은 곧바로 북쪽으로 향했다.

차가운 장미 원정대가 세르비안의 구슬을 바쳐서 온도가 약간 서늘해지기도 했다.

빙룡에게는 긍정적인 일.

"크라라라라라라라라라!"

북부가 냉기로 가득했을 때처럼 최전성기의 힘은 아니었지만 일반 몬스터들은 빙룡의 적수가 되지 못했다.

빙룡이 숨을 크게 들이마셨다.

배가 볼록하게 튀어나올 정도로 깊은 호흡!

이윽고 주둥이가 찢어질 정도로 크게 벌어졌다.

쩌저저저저적!

대기를 뚫고 극한의 냉기가 지상으로 뿜어졌다.

빙룡의 아이스 브레스!

몬스터들은 집단으로 얼어붙었다.

땅과 나무들, 풀뿌리까지 얼어붙어서 수만 개로 조각나 은빛 가루처럼 뿌려졌다.

"굴복하라!"

드래곤 피어!

진짜 드래곤 피어에 비하면 조족지혈의 위력.

그러나 빙룡의 포효에 보통의 몬스터들은 고양이 앞의 쥐처럼 꼼짝도 못했다.

"크헬헬헬."

빙룡의 몸은 성장을 하면서 더욱 커지고, 머리는 갈수록 영악해졌다.

지상의 몬스터 중에서 버거운 놈들은 공중에서만 공격했다. 못 이길 것 같으면 언제라도 날아서 도망치려는 시커먼 속셈!

기세 좋게 싸움을 걸다가도 약간 위험해 보인다 싶으면 재빨리 도망쳤다.

자기보다 더 빨리 하늘을 날아다니는 고레벨 몬스터, 공중으로 마법 사용이 가능하여 위협이 될 만한 몬스터들은 애초에 건드리지도 않았다.

지상에 내려앉아서, 공중 몬스터들이 지나갈 때까지 참는 비겁함!

추운 지방에 가서는 완전히 빙룡의 세상이었다.

몬스터들을 사냥하면서 빠르게 성장했다.

위드나 인간 유저들은 시간에 한계가 있다. 아무리 많은 시간을 로열 로드에 투자하더라도, 잠도 자야 되고 식사도 해야 한다.

하지만 로열 로드 속에서 살아가는 빙룡에게는 그런 제한이 없었으므로 순전히 사냥만 하며 성장했다.

죽지만 않는다면 그 어떤 유저보다도 빨리 강해지는 게 생명이 부여된 조각품들의 특징이었다.

"근데 왜 북부가 아니라 여기에 와 있는 건데?"

위드의 말에 빙룡은 차마 솔직한 대답을 못 하고 있었다.

"너 분명히 뭔가 이상한 짓 하려고 했지?"

"……."

"맞고 말할래, 말하고 맞을래?"

빙룡의 어쩔 수 없는 고백이 이어졌다.

"실은 나도 레어를 만들어 보고 싶었다."

진짜 드래곤들이 하는 행동은 다 따라 하고 싶었던 빙룡.

레벨이 올라가고 지성이 높아지면서 진짜 드래곤과 행동이 비슷해지는 중이었다.

"지역들을 물색하던 도중에, 걸어서는 접근하기 힘든 빙산 아래의 큰 동굴을 발견했다. 그 안에 있는 정말 오래된 몬스터를 사냥했더니 여기로 오게 되었다."

"몬스터 사냥?"

"그놈이 죽을 때 공간의 균열 같은 게 생겨서 이렇게 된 거지."

"근데 왜 아직도 여기에 있어? 설마 돌아가는 법을 모르는 거야?"

"……."

빙룡이 고개를 돌렸다. 말없이 날개를 다듬는 모양새를 보면 영락없는 낙오자의 행색!

위드가 빙룡과 대화를 하면서 여유롭게 노닥거리고 있자, 주정뱅이 스미스는 애가 타는 모습이었다. 그 좋다던 술도 마시지 않는 걸 보면 지금이 위기 상황임을 확실히 인지하고 있었다.

"정신이 있는 건가?"

"예?"

"엠비뉴 교단의 추격자들이 쫓아오고 있다면서! 빨리 도망쳐야지 여기서 시간을 보내면 어떻게 하나."

추격자들이 온다면 당연히 꽁지가 빠지게 도망쳐야 하는 게 수배자의 의무!

하지만 위드의 행동은 그런 것과는 거리가 상당히 멀리 떨어져 있었다. 누렁이를 타고 달리기는 하지만 시간을 아끼려는 차원이었을 뿐, 조급한 기색은 조금도 보이지 않았던 것이다.

누렁이조차도 초지에 이르면 한가롭게 풀을 뜯어 먹었다.
도살장에 끌려갈 때에도 느릿느릿 움직이는 소의 성격!
위드는 재촉하지 않았다.
"서둘러서 될 일이 아닙니다."
"추격자들이 오기 전에 조금이라도 더 이동해야 되지 않겠나."
"왜 그래야 되는데요?"
위드는 오히려 반문을 했다.
사냥과 퀘스트에서는 일체의 계획을 세워 철두철미하게 움직이던 위드였지만, 지금은 허술하기 짝이 없었다.
"내가 도와줘야겠군."
화가 난 듯 스미스가 수레에서 내렸다.
전직 용병답게 남겨진 흔적들을 지우고 교란시켜서, 추격자들이 따라오는 데 더 많은 시간이 들게 했다.
"동쪽으로 가세. 지형을 살피니 동쪽에 냇물이 있을 거야. 냇물을 따라서 움직이면 발자국과 냄새를 상당히 줄일 수 있어."
여유가 넘치던 전직 용병 스미스. 그러나 퀘스트가 진행되고 본인의 마음이 다급해지자 자발적으로 나서서 길 찾기, 음식 찾기, 흔적 지우기 등 다양한 경험으로 추격자들과의 거리를 벌리는 데 도움을 주고 있었다.

엠비뉴 교단의 신전을 나온 추격자들!

　암흑 기사 10명, 사제 3명, 병사 100명으로 구성된 무리였다.

　"그들이 갈 곳은 정해져 있다. 지팡이를 찾은 이상, 마탈로스트 교단이 맺은 동맹을 부활시키려 할 것이다."

　추격자들은 밤낮을 가리지 않고 평야를 내달렸다.

　암흑 기사들은 말을 타고 있었지만, 사제들과 병사들은 강인한 체력으로 내달렸다.

　휴식 시간도 없이 움직이는 추격자 무리!

　체력이 떨어지면 사제들이 회복 마법과 축복을 걸어 주었다.

　위드와 추격자들은 불과 하루 거리를 떨어져 있을 뿐이었다.

　"누렁아."
　음메에에에!
　"배고프지? 밥 먹자."
　음모오오오오오오.

위드는 넓은 초지가 나올 때마다 누렁이가 풀을 뜯어 먹을 수 있도록 충분한 여유와 휴식을 가졌다.
"과식하지 말고 꼭꼭 씹어 먹어."
누렁이가 고마움에 머리를 비빌 정도의 친절함!
누가 본다면 정말 소를 사랑하는 주인이라는 착각이 들 정도의 배려!
그러나 위드의 눈은 냉혹하게 빛나고 있었다.
'살이 포동포동 오르고 있군.'
추격자들과의 거리는 이런 와중에도 빠르게 좁아졌다.
누렁이 위에서 한가하게 조각품마저 깎았으니, 추격자들은 더 빨리 다가왔다.
마탈로스트 교단의 가장 가까운 동맹 부족은 이틀 거리에 있었다.
심하게 여유를 부리면서 평소보다 더 느리게 이동한 탓에, 하루 반나절 만에 추격자들에게 따라잡혔다. 주정뱅이 용병 스미스가 안간힘을 다했지만 지연시키는 시간이 그리 길지는 못했던 것이다.
저 멀리 추격자들의 흙먼지를 보면서도 위드는 놀라지 않았다.
"이제야 왔군. 기다리는 것도 지루했다."
위드가 빙룡과 불사조들을 불렀다.
"얘들아."

"말하라. 주인."

"쓸어버려!"

"알겠다. 나 혼자서도 충분하다."

빙룡이 공중으로 치솟았다.

날갯짓을 할 때마다 지상과 직각으로 높이높이 솟구쳤다.

빙룡의 몸이 손바닥 크기로 작게 보일 때였다.

배가 볼록하게 튀어나오더니 순백의 브레스가 추격자들이 있는 방향으로 쏘아졌다.

브레스는 유성이 날아간 것처럼 긴 꼬리를 남기며 추격자들이 있는 장소에 작렬했다.

땅과 추격자들을 한꺼번에 얼려 버리는 위력!

암흑 기사들은 말을 버리고 다른 곳으로 몸을 날린 덕에 겨우 목숨은 건졌다. 하지만 신체의 일부가 얼어붙어 있었다.

싸울 의지조차도 잃어버리고 사시나무 떨듯이 하는 암흑 기사들!

빙룡이 그들이 있는 곳으로 날아가서 짓밟았다.

콰지지직!

대번에 추격자들을 전멸시켜 버린 빙룡!

빙룡은 다시금 숨을 크게 들이마시더니 온 사방을 돌아보며 포효했다.

마치 공룡 시대에 제왕이었던 티라노사우루스가 전투에서 승리하고 포효하던 것처럼.

"크아아아아아아아아아아!"

사방으로 퍼지는 그 울음소리.

연약하고 소심하고 힘없던 빙룡의 레벨이 446을 넘은 후였다.

성장한 빙룡이 힘자랑을 하는 것이다.

KMC미디어의 프로그램 '위드'.

뱀파이어 땅에서의 모험을 방송한 이후로 한동안 쉬고 있었다.

-위드의 뜻이 뭐예요?

-요즘은 방송 안 하나요?

홈페이지 게시판에서는 가뭄에 콩 나듯이 질문들이 올라왔다.

프로그램 위드 자체가 시청률이 저조했던 방송이기 때문.

홈페이지 관리자 오연실은 친절하게 답변들을 달아 주었다.

-위드의 뜻은 비밀입니다. 시청자들과 함께할 수 있는 방송이 되었으면 좋겠네요.

향후 방송 일정에 대해서는 말씀드리기 어렵습니다. 방송국 내부 일정에 따라서 조정될 예정이에요.

관리자의 글을 본 시청자들은 확신했다.

'이 프로그램, 조만간 폐지되겠구나. 종방연도 안 하고 벌써 끝났을지도…….'

프로그램 위드는 이처럼 시청자들로부터도 서서히 잊혀 가고 있었다.

하지만 KMC미디어의 최고위층은 프로그램 위드에 대한 기대를 버리지 않고 있었다. 장비와 기술진, PD, 작가, 진행자 들이 소집만 기다리고 있었다.

그러던 차에 조각사 위드가 엄청난 퀘스트를 한다는 소문이 베르사 대륙 전역으로 퍼졌다.

즉시 KMC미디어의 방송 회의가 열렸다.

"베르사 대륙의 역사서들을 살펴보았습니다. 그런데 엠비뉴 교단의 실체에 대해서는 어디에도 나와 있지 않았습니다."

"교단 내부에 12개 지파가 있고, 이들을 통솔하는 총본영이 따로 있을 것으로 추측됩니다."

"유저들의 동향은 어떤가요?"

"핵폭탄이 터진 것 같습니다. 어느 마을에서나 엠비뉴 교단과 조각사 위드에 대한 이야기를 하고 있습니다."

"베르사 대륙의 주민들이 엠비뉴 교단에 대한 말을 그치지 않는 이상, 가장 큰 화제의 중심이 되었다고 해도 과언이 아닐 겁니다."

국장이 직접 주재하는 회의였다.

이현의 캡슐과 연결된 회선을 통해 들어온 영상을 보고 간단한 분석까지 마친 후였다.

"불사의 군단, 팔랑카 전투로 이어졌던 위드의 활약을 다시 볼 수 있는 기회로군요."

국장부터가 위드의 강력한 팬이었다.

방송을 떠나서, 위드의 모험을 볼 수 있다는 것만으로도 흥분되는 사건!

강 부장이 손을 들어 발언권을 얻고 마이크에 얼굴을 가까이 댔다.

"존경하옵는 국장님 그리고 동료 여러분, 일이 그리 단순하지는 않습니다."

"무슨 문제가 있지요, 강 부장?"

"네, 국장님. 우선은 퀘스트 난이도를 살피지 않을 수가 없습니다. 난이도 S급의 퀘스트! 성공한 사람이 1명도 없지 않습니까? 소문의 파급 정도까지 고려해 본다면 보통 퀘스트가 아닙니다. 이목이 집중되는 효과는 있겠지만, 시청자들에게 실망을 안겨 줄 수도 있습니다."

"하지만 위드의 퀘스트예요. 그는 난이도 A급의 의뢰도 최초로 해결한 전례가 있지 않나요?"

"맞습니다. 일단은 그렇기는 합니다만……."

강 부장은 손수건을 꺼내서 이마에 흐르는 땀을 닦았다.

월급쟁이로서 국장의 말에 태클을 걸어야 하는 압박감!

절체절명의 위기에 셔츠가 흥건히 젖고 있었지만 할 말은 해야 했다.

"위드가 했던 퀘스트들을 엄밀히 따져 볼 필요가 있습니다. 불사의 군단 퀘스트 등은 난이도가 A급이었지만 오크와 다크 엘프 등의 조력군이 있었습니다."

국장이 고개를 끄덕였다.

오크 카리취가 되어서 벌였던 싸움이 인상적이라서 아직도 잊히지 않았다. 불사의 군단 방송편은 아직도 다운로드 횟수 상위권을 차지하고 있다.

"계속해 보세요."

"네. 이런 다른 세력들을 지휘하는 큰 전투에서 위드는 조각사로서는 터무니없을 정도로 높은 통솔력과 카리스마, 급변하는 전황에서의 순간적인 판단력과, 전투 내내 작은 부분까지도 놓치지 않는 세밀함과 집중력을 가지고 있습니다."

강 부장은 위드에 대한 칭찬을 철저하게 했다.

국장이 팬이었으니 방송국 내에서 위드에 대한 비판은 금물!

"싸움만 할 줄 아는 유저들에게 동일한 조건을 주었다면, 이종족인 오크와 다크 엘프에 묻혀 졸전을 펼치다가 패배했을 가능성이 높습니다. 레벨이 높더라도 불사의 군단을 막지 못했을 것입니다. 위드의 장점은 대단위 전투에 있습니다."

"지휘 능력이야말로 남들이 따라오기 어려운 위드만의 강점이지."

"예. 국장님 말씀 그대로입니다. 위드는 이런 조력군이 있는 퀘스트에 굉장한 강점을 가집니다. 다른 난이도 A급의 퀘스트의 예를 봐도 그렇습니다. 니플하임 제국 황실의 명예에 관련된 의뢰, 본 드래곤이 나왔던 의뢰를 해결할 때에는 얼마나 고생을 했습니까?"

국장은 고개를 끄덕였다. 강 부장이 하려는 말을 이해했기 때문이다.

춥고 황량한 북부를 횡단하면서 갖은 고생을 다 하고, 와이번을 타고 천신만고 끝에 본 드래곤을 사냥했다.

"강 부장의 생각은 위드가 이번 의뢰를 실패할 가능성이… 매우 높다는 거로군요."

"네. 이번에도 조력군이 있다고는 하지만, 혼자서 해내기는 버거우리라 봅니다. 난이도 A급 정도의 의뢰라면 이제 내성도 생기고, 그가 만든 조각품들에, 스스로의 실력도 향상되어서 끝낼 수 있겠습니다만 난이도 S급의 의뢰는 무리라는 판단입니다."

난이도 A급 의뢰의 무게는 여전히 대단했다.

경쟁사인 CTS미디어 측에서 숲의 대형 골렘 퇴치와 관련된 A급 난이도 의뢰를 방송하고 순간 시청률이 7%가 되었다. 게임 방송 시청률만을 놓고 본다면 60%가 넘는 점유율이었다.

"그리고… 이번 퀘스트를 방송하다 보면 위드의 정체가 드러날 수도 있습니다."

"정체요?"

"전신 위드가 사실은 조각사 위드와 동일인이라는 사실을 감추기 상당히 어려울 것입니다."

"흠, 그런 문제가 있었군요."

"방송을 진행하다 보면 언제까지 숨길 수 있는 것도 아니겠지만, 위험성을 감수하고 방송을 한다면 잃는 게 참 많을 겁니다. 그래서 아직은 조금 이르다는 판단입니다."

국장과 다른 연출자들의 얼굴이 침중해졌다.

모든 걸 내걸고 싸워도 감당하기 버거운 의뢰였다. 가지고 있는 실력까지 숨길 수는 없다.

"난이도 S급의 의뢰를 방송할 수 있는 기회였는데 안타깝군요."

국장의 말대로 회의의 흐름은 방송 불가로 모아지고 있었다.

따르릉!

그때 강 부장의 테이블 위에 있는 전화가 울렸다.

강 부장은 잠깐 머뭇거리다가 전화기의 버튼을 눌렀다.

"지금은 회의 중인데… 무슨 일이죠?"

그러자 비서실 직원의 음성이 스피커폰으로 들려왔다.

-죄송합니다. 지금 강 부장님을 찾는 전화가 와 있어서요.
 "누구의 전화인데요?"
 -이현이라는 분의 전화입니다.
 "이현? 이현이라면……."
 강 부장의 얼굴에 놀람이 스쳤다. 그리고 국장과 다른 사람들을 향해 설명했다.
 "이현은 위드 캐릭터를 가지고 있는 사람의 본명입니다."
 "그래요? 그럼 어서 통화해 보세요."
 "그럼 스피커폰으로 받겠습니다."
 잠시 후, 비서실에서 회의실로 이현의 통화가 연결됐다.
 -강 부장님, 안녕하세요.
 "아이구, 제가 먼저 전화를 드렸어야 되는데 죄송합니다."
 -아닙니다. 그보다 입금된 돈 잘 받았습니다.
 팔랑카 전투의 출연료가 은행 계좌로 입금되었다.
 시청률에 따라 인센티브도 주어지고, 다운로드될 때마다 수익금까지 얹혀 사실상 상당한 금액!
 "당연히 보내 드려야 되는 건데요."
 -후후후.
 이현의 흡족한 듯한 웃음소리!
 -그보다 질문을 드릴 게 있는데요, 제가 최근에 진행하고 있는 퀘스트의 방송 문제 때문에 연락을 드렸습니다. 어떻게 되고 있나요?

"그게… 정말 결정하기 어려운 부분입니다."

강 부장은 차근차근 설명했다.

난이도 S급의 의뢰에, 이목까지 집중시켰으니 방송사로서는 당연히 방송을 하고 싶다. 이처럼 간절하게, 매우 애타는 심정을 호소하면서 곤란한 입장도 전달했다.

"그래서 방송을 해야 할지 말아야 할지를 회의 중이었습니다."

강 부장의 애절한 마음을 아는지 모르는지 이현의 대답은 편안하기 짝이 없었다.

-방송을 원하시면 하시죠.

"네?"

-방송해야 시청률이 오르지 않나요? 시청률이 올라야 광고가 붙죠.

"그야 그렇습니다만 문제점들이……."

-필요한 프로그램이 있다면 방송을 해야만 합니다. 그것이야말로 방송국과 시청자를 위하는 길이며 기업의 홍보를 위한 마케팅의 장이 열리는 거 아니겠습니까?

방송국에서 잔뼈가 굵은 강 부장에게 방송의 필요성을 설명하는 이현이었다.

-시청자들을 생각해 보세요. 시청자들이 원하는 게 뭡니까? 재미와 궁금증 해결! 그리고 함께 즐기자는 거 아닙니까?

"……."

―방송국이 어떻게 시청자들의 요구를 간과하고 있을 수 있습니까? 이래도 되는 겁니까? 시청자들을 존중한다면 신속한 보도와 정보 전달을 가장 우선해야 하는 것 아닌가요?

방송기자협회의 회식 자리에서나 나올 법한 강연!

―게시판을 보아하니, 어떤 퀘스트인지 방송을 해 달라는 시청자들의 글들도 많이 있던데요.

물론 방송국의 시청자 게시판에는 퀘스트를 방송해 달라는 글들이 많이 있었다. KMC미디어뿐만 아니라 CTS미디어나 타 방송국에도 시청자들의 의견이 쇄도하고 있다.

강 부장은 우려를 담아 해명했다.

"방송국의 입장은 물론 프로그램을 편성하고 싶습니다만, 이현 님에게 어떤 불리한 일이라도 생길까 걱정이 되어서요."

―세상에 거저먹는 게 어디 있나요?

"……."

공짜로 주어지는 돈은 없다.

이현은 어릴 때부터 그 사실을 깨치고 있었다.

"그래도 의뢰의 난이도도 너무 높고요."

―최선을 다해 봐야죠.

"편집 과정에서 노력은 해 보겠지만 전신 위드라는 사실을 완전히 숨기기 어려울 수도 있습니다. 그래도 방송을 해도 되겠습니까?"

강 부장이나 KMC미디어에서는 이현과의 끈을 놓고 싶지

않았다.

전신 위드라는 명성과, 모험의 주인공!

그를 위해서 방송을 보류하거나 취소하려고 했던 것이다.

-네.

이현의 대답은 단호했다. 하지만 금세 숨 막히듯 떨리는 음성으로 물었다.

-저기, 그런데… 흠.

"말씀하세요."

-이번에도 출연료는 인센티브가 있는 거겠죠? 계약 조건상으로는 인센티브가 쭉 있었는데요.

"……."

오직 이 부분만이 두려울 뿐!

약속어음이나 쿠폰, 떨어질지 오를지 모를 주식 따위는 믿지 않는다. 철저히 제 날짜에 현금을 입금해 주는 KMC미디어에 대한 신뢰가 가득한 이현이었던 것이다.

'역시 이 방송사는 믿을 만해. 국민들의 신뢰를 먹고 사는 훌륭한 방송사야.'

이현의 전화가 끊어지고 난 후에, 회의실의 내부 분위기는 급변했다.

"해 볼까요?"

"해 봅시다. 본인이 원하고… 또 시청자가 바라는 일 아니겠습니까?"

"현 부장, 예상 시청률은?"

"네, 국장님. 방송을 하게 되면 시청률은 상당하리라 예상합니다. 게임 방송을 거의 보지 않는 일반인까지 끌어들일 수 있어 최소 17%는 자신합니다."

"광고가 매진되겠군요?"

"물론입니다."

긍정적인 마인드의 확산!

국장이 이번에는 강 부장을 향해 물었다.

"퀘스트 난이도가 엄청난데 해낼 수 있을까요?"

"저도 모르겠습니다. 하지만 전신이라는 닉네임을 가지고 있는 위드 아닙니까? 어떤 방법이든 동원할 겁니다. 성공하든 실패하든 무언가를 만들어 내겠지요."

항상 의외의 결과를, 그것도 예상치 못한 결과를 만들어 냈던 전신 위드.

무난한 싸움을 한 적이 없다.

평소에는 마법의 대륙 시절만큼의 절대적인 위용이나 카리스마를 보여 주지 못했다. 짠돌이, 노가다 인간, 요리사, 조각사, 대장장이, 재봉사, 사기꾼의 경계를 자유롭게 오간다.

하지만 전투가 벌어졌을 때, 오크 카리취와 근원의 스켈레톤의 모습이었을 시절에는 그가 누구라는 사실을 시청자에게 충분히 각인시켰다.

방송국의 신뢰도 절대적이었다.

너무나도 큰 명성을 가지고 있었기에, 거기에 해가 될지도 몰라서 방송을 주저했을 뿐이다.

전신 위드에 대한 방송을 망설이는 방송국 관계자는 없으리라.

마침내 국장이 결단을 내렸다.

"프로그램 준비하세요. 최고의 스태프들로 구성해서 바로 작업 들어갑니다."

엠비뉴 교단의 사제들은 동료들의 죽음을 감지할 수 있었다.

교단에서부터 다시 추격자 무리가 결성되었다.

"우리의 의식을 방해한 자를 척살하라!"

암흑 기사 20.

사제 5.

병사 300으로 이루어진 추격자들!

암흑 기사들은 준마를 타고 있었고, 병사들과 사제들은 마차에 탔다.

기동력을 향상시킨 그들이 다시 위드를 추격했다.

인도자들의 동맹

위드는 마탈로스트 교단의 성물들에 대한 정보를 확인했다.
"감정!"

> **안식의 동판** : 내구력 12/1,000.
> 망자들을 안식의 세계로 인도하는 동판.
> 마탈로스트 교단의 존립에 반드시 필요한 물건으로, 파손이 심한 상태이다.
> 다섯 가지 성물 중의 하나.
> 위험한 물건이기에 악인의 손에 들어가면 혼란을 일으킬 가능성이 크다.
> 마탈로스트 교단의 성기사들에 의해 보관되고 있었지만, 엠비뉴 교단에 의해 강제로 빼앗겼다.

파손이 심해 힘의 발휘에 제약이 있다.
일반적인 방법으로는 수리가 불가능하며 마탈로스트 교단 대신관의
신성력에 의한 수리만 가능.
사용할수록 내구력이 하락할 것이다.
제한 : 마탈로스트 교단의 인정을 받은 자.
신앙 2,000.
옵션 : 죽은 이들을 안식의 세계로 이끈다.
언데드 마법을 강제로 해제할 수 있음.
언데드들을 특수 강화하여 신성력에 대한 피해를 줄일 수 있음.
언데드가 가지고 있으면 안식의 세계로의 인도를 거부할 수
있어 대단히 높은 생명력과 마나, 힘을 보유할 수 있다.
마물들을 만들고 지휘할 수 있다.
죽음의 선고를 내릴 수 있다. 죽음의 선고가 떨어지면 하루 동
안 생명력과 마나가 회복되지 않는다.

 망자들을 안식으로 인도할 수 있는 동판!

 동판만 가지고 있다면 언데드들을 다시 시체로 되돌릴 수 있다.

 네크로맨서들에게는 역린과도 같은 성물이 되리라.

 죽음의 선고는 산 생명에 대해서도 엄청난 효과를 발휘할 것이다.

 "그래도 영 찝찝하군."

 위드는 안식의 동판을 보면서도 아쉽다는 생각이 들었다.

 사용할 때마다 내구력이 떨어진다. 남아 있는 내구력 자체가 그리 높지 않으니 몇 번 쓸 수도 없다는 이야기!

성물이 파괴되었을 때에는 엄청난 불행, 혹은 저주가 따라붙을 수 있다.

마탈로스트 교단에 적대시되는 것도 물론이었다.

"다음 물건은… 감정!"

> **동맹의 증표, 지팡이** : 내구력 139/200. 공격력 15.
> 마탈로스트 교단이 인근 부족들과 동맹을 체결한 후에 증표로 삼은 지팡이.
> 신의 축복이 어린 성물이지만 평상시에는 신성력을 다소 보조해 주는 능력밖에는 없다.
> 약속의 동맹을 이끌어 내고 나면 지팡이에 내재된 인도자의 권능을 사용할 수 있다.
> 하지만 권능의 사용에는 그만한 대가를 지불해야 하리라.
> **제한** : 마탈로스트 교단의 인정을 받은 자.
>   신앙 2,000.
> **옵션** : 신성력 +5%

안식의 동판과 지팡이!

엠비뉴 교단과의 싸움에서 승리하기 위해서 쓸 수 있는 마탈로스트 교단의 성물이었다.

성물들의 활용에 따라서 전투의 양상은 크게 달라질 것이다.

위드는 그날 밤에 마탈로스트 교단의 첫 번째 동맹 부족이 있는 베자귀 부락에 도착했다.

인간이 아닌, 몬스터에 근접한 부족원들.

머리카락은 몇 가닥이 남아 있을 뿐이고, 입은 튀어나왔다. 무기로는 창을 들고 있었다.

위드와 스미스는 부락의 입구에서 베자귀 부족의 용사들에게 포위되었다.

"마탈로스트 교단의 대리인으로, 원군을 청하기 위해 왔습니다."

위드가 가슴을 활짝 펴고 당당하게 말했다.

자기들끼리 웅성거리던 베자귀 부족의 용사 중 상체에 문신이 가득한 근육질의 남성이 앞으로 나왔다.

"마탈로스트 교단의 대리인이라면 우리의 형제. 방문객을 환영한다. 무슨 용건으로 우리를 찾아왔는지 다시 한 번 정확히 말해 주겠는가?"

"엠비뉴 교단과 대적해서 싸울 원군을 청하러 왔습니다."

마중 나온 용사가 창을 땅에 꽂았다.

"엠비뉴 교단은 강하다. 우리도 그들의 행동이 마음에 드는 것은 아니지만, 왜 우리 부족이 그대들을 위하여 피를 흘려야 하는가."

위드는 빠르게 주변을 눈으로 훑었다.

천부적인 화술이란 존재하지 않는다. 눈치로 파악하는 게 중요했다. 어떤 좋은 말도 상황에 맞지 않으면 분위기 깨는 헛소리에 불과할 뿐!

용사들은 건장했고, 눈빛은 형형했다. 불청객이 왔다고 해서 거리낌이 있거나 움츠러든 표정이 아니다.

부락에 걸려 있는 사냥감들은 케르탑이나 블랙 와일드보어 외에도 많았다.

"베자귀 부족의 대표자를 만나고 싶습니다. 베자귀 부족을 대표하실 수 있습니까?"

"나는 대용사다. 사납고 강한 짐승들을 사냥하며, 부족에서 가장 힘이 세다. 나는 충분히 우리 부족을 대표한다."

위드는 약간 누그러진 어투로 설명했다.

"베자귀 부족의 대용사께서는 저더러 형제라고 했습니다. 당신들에게 이런 청을 드리는 까닭은, 옆에 사는 이웃과 형제란 무릇 어려움을 함께 나누는 존재이기 때문입니다. 형제가 어렵다고 해서 약속을 저버린다면, 마탈로스트 교단과 베자귀 부족은 형제가 아닐 것입니다."

용사는 힘 있게 고개를 끄덕였다.

"형제는 어떤 어려움이라도 함께 이겨 낸다. 우리 베자귀 부족은 마탈로스트 교단과 함께 싸우겠다!"

"와아아아!"

부족의 용사들이 괴성을 지르며 창을 허공에 높이 치켜들고 흔들었다.

첫 번째 동맹 부족을 끌어들이는 데 성공!

-인도자들의 동맹.
 통곡의 강에서 사냥하는 베자귀 부족이 합류하였습니다.
 협상자의 명성이 100 오릅니다.
 매력이 50 오릅니다.

대용사가 말했다.

"우리 베자귀 부족과 달리 다른 두 부족은 끌어들이기 쉽지 않을 것이다. 약속과 형제에 대한 신의를 중요시하는 점은 같지만 각 부족마다 사정은 있어. 엠비뉴 교단과 싸우기 위해서는 두 부족, 특히 사르미어 부족의 힘이 꼭 필요할 거야."

위드는 누렁이를 타고 다시 다음 부족이 있는 장소로 이동했다.

어슬렁어슬렁.

느려터진 소걸음!

베자귀 부족은 약속했다.

— 3개의 부족이 모이면 우리는 엠비뉴 교단을 공격할 것이다. 그들의 요새를 부수고 마탈로스트 교단의 생존자들을 탈출시키는 데 도움을 주겠다.

한 부족의 공격 약속을 받아 냈으니 이제 2개 부족만이 남았다.

칼을 거꾸로 세워 놓은 듯한 바위산에, 베르사 대륙에서는 찾아보기 힘든 기화이초들도 상당하다.

위드는 낙타의 등처럼 굽은 능선을 타고 이동하고 있었다. 경사가 상당했지만 누렁이는 미끄러지지 않고 잘 걸었다.

불사조들이 말했다.

"주인님, 추격자들과는 5시간의 거리를 두고 있습니다. 이대로 가면 5시간 안에 따라잡히고 말 것입니다."

"적들의 규모는?"

"기사 20, 병사 300, 사제 5명입니다."

"여전히 얕보고 있군. 기사가 겨우 20이라······. 생각만큼 추격자들의 무리가 늘어나지는 않는데."

평범한 조각사로서는 할 수 없는 말!

하지만 위드는 일부러 추격자들을 끌어들여서 엠비뉴 교단의 세력을 약화시킬 마음을 먹고 있었다.

공성전에서 큰 도움까지는 안 되더라도, 적의 수를 조금이라도 미리 줄여 놓아야 한다. 난이도 S급의 의뢰라면 세 부족과의 동맹을 이루어 내더라도 굉장히 어려운 싸움이 될 것이다.

유인책에 따른 각개격파! 적 세력의 약화를 목적으로, 본능적으로 전술적인 행동을 했다.

'일단 한 놈씩 패는 거지!'

"추격자들이 쫓아오기 전에 어서 도망치세!"

주정뱅이 스미스가 안달을 하거나 말거나 위드의 머리는 더없이 냉정하게 굴러갔다.

"빙룡. 불사조."

"말하라, 주인."

"여기 올 때까지 기다릴 것도 없다. 너희가 가서 처리해라. 단, 우리 쪽에는 어떤 피해도 없어야 한다."

"알겠다, 주인! 그런 걱정은 하지 않아도 된다."

"빙룡, 네가 대장을 맡아. 불사조들과 무사히 돌아와야 된다."

"날 믿어 줘서 고맙다, 주인."

빙룡과 불사조들이 날개를 펄럭이며 뒤쪽으로 날아갔다.

불사조들은 불의 성향 탓인지 다분히 공격적이고 저돌적이었다. 하지만 빙룡은 자신의 몸은 끔찍이 아꼈으니 그에게 대장의 지위를 맡긴 것이다.

"내 조각품이야. 구박해도 내가 구박하지, 다른 놈들에게 맞고 다니는 걸 볼 수는 없어."

그런 이유가 아니었다면 멍청하고 소심한 빙룡에게 대장자리를 줄 이유가 없을 터!

잠시 후에, 서쪽의 하늘이 환하게 밝아졌다.

아이스 브레스가 쏘아졌는지 온도가 현저히 낮아지고, 뒤

이어 화염으로 인한 연기가 하늘로 치솟았다.

불과 얼음 공격들.

위드는 이 와중에도 빙룡과 불사조들을 성장시키고 있었다.

추격자 무리가 빙룡과 불사조들에 의해 전멸하고 나서, 엠비뉴 교단에서는 다시금 추격자들이 결성되었다.

암흑 기사만 40.

사제 10명에 마법사 3명, 일반 병사로 300명.

위드는 침을 꿀꺽 삼켰다.

추격대가 점점 굉장히 빠르게 따라붙을 뿐만 아니라, 전력도 향상되었다.

흥분과 희열로 즐거움이 더해 간다.

알베론과 함께 진혈의 뱀파이어들을 처치했을 때처럼, 적당한 긴장감으로 활력이 샘솟았다.

마탈로스트 교단의 두 번째 동맹 부족 레키에.

전사와 주술사 들이 있는 부족이었다.

"우리는 마탈로스트 교단과의 동맹을 잊지 않았다. 하지만 너무 긴 시간이 지났다. 마탈로스트 교단에 우리와 함께할 수 있는 자격이 남아 있는지 의문이다."

레키에 부족의 대족장은 위드를 반기지도, 싫어하지도 않았다.

"친구 사이에 자격을 어떻게 증명해야 합니까?"

"엠비뉴 교단의 세력은 두렵다. 그들과 싸울 수 있는지, 용기의 시험을 치르겠다."

대족장은 위드에게 일렀다.

야밤에, 외부의 어떠한 도움도 받지 않고 용기의 계곡을 통과하라는 시험!

레키에 부족의 아이들이 성인식을 치를 때 오르는 계곡이라고 했다.

위드는 깊이 따지지도 않고 간단히 수락했다.

"저에게 용기가 있음을 증명해 보이겠습니다."

퀘스트를 포기하지 않으려는 이상, 계속 나아갈 수밖에 없었다.

용기의 계곡!

위드는 어두운 밤중에 빠르게 걸었다.

나무들이 바람에 살랑거리는 소리가 무서웠고, 뭐라도 튀어나올 분위기였다.

담력 시험이라도 보는 것 같은 상황.

실제로 용기를 시험하는 장소였으니 틀린 것도 아니다.

헛된 상상은 마음을 굳게 만들고 위축시킨다.

공포에 질리게 되면 발소리도 무서워지고, 그림자에도 놀란다. 점점 무서워져서 결국 한 걸음도 떼지 못하게 된다.

용기의 계곡은 그런 장소였다.

좁은 계곡의 틈 사이를 통과하는데 불과 50센티 옆의 나무 사이에서, 혹은 수풀 사이에서 무엇이든 튀어나올 것 같다는 착각.

끊임없이 상념들이 공포감을 자극해서 주저앉게 만드는 장소!

몬스터든 귀신이든 차라리 정말로 나와 버리면 마음이 편할 테지만, 본연적인 공포감만 자극하고 있었다.

어둠 속을 걸어서, 어디에 도착하게 될지도 모르는 길.

불안, 공황에 이르게 만드는 용기의 계곡.

위드는 주문처럼 무언가를 외웠다.

"시금치 2,500원, 깻잎 1,000원, 계란 1,700원, 소시지 4,000원."

일주일의 지출 계산!

어둡고 조용하니까 가계부를 머릿속에서 정리하기에는 그만이었다.

"올리브 오일이 떨어졌지. 쿠폰을 모아 두었으니 다음에 마트에 가서 사야겠군. 건너편 마트에서 주방용품 행사를 하고 있었는데……. 고무장갑은 아무래도 예쁜 분홍색으로 사야지."

쇼핑 목록 계산.

위드가 가장 꺼림칙해하는 부분도 등장했다. 이 시간이 가장 힘들고 괴로웠다.

"이번 달 지출 액수는 지난달보다 8,000원 늘어났군. 24일의 계산 때문이었어. 이놈의 물가 상승! 가스 값이 올라서였지."

날짜만 생각해도 그날 사용한 금액을 떠올릴 수 있다.

지난달, 지지난달의 가격 변동 사항까지 줄줄이 욀 정도였다.

절감, 절감, 절감.

그래도 도무지 줄어들지 않는 가계부!

주부들의 가장 큰 고민 사항을 위드도 힘들어했다.

"가계부란 놈은 한번 커지면 절대 줄어들지 않지."

가계부와의 처절한 싸움.

수입이 많다고 해서 돈이 모이지는 않는다. 철저한 관리와 더불어 충동구매를 자제해야 했다.

"역시 그때 마트에서 비싼 소금을 사는 게 아니었는데… 검소하게 살아야 했는데."

뼈저린 후회와 반성까지.

작은 구멍들이 모여서 나중에는 큰 금액이 된다.

가계부를 생각하다 보니 어느새 용기의 계곡 출구였다.

위드의 얼굴은 핼쑥하니 공포에 질려 있었다.

띠링!

-용기의 계곡을 통과하였습니다.
최단기간에 용기의 계곡을 통과했습니다.
레키에 부족 청년들의 성인식 통과 시간보다도 훨씬 빠른 통과입니다.

-스탯 정신력이 생성됩니다.

정신력 : 집중력이 향상됩니다. 주변이 아무리 혼란스럽더라도 스킬의 성공 확률이 오르고 마법의 실패율이 감소합니다.
난전에서의 공격력 상승.
전사들이나 모험가, 마법사 들은 정신력이 뛰어난 자들을 존경할 것입니다.
투지의 상승 속도를 빠르게 한다. 스탯 포인트 분배가 불가능하며 캐릭터의 행동에 따라서 저절로 상승함.

-칭호 '용기로운 자'를 얻으셨습니다.

-명성이 200 올랐습니다.

-용기가 80 상승하셨습니다.

-투지가 10 상승하셨습니다.

-통솔력이 5 상승하셨습니다.

레키에 부족의 대족장과 전사들은 출구에서 기다리고 있다가 위드가 계곡에서 나오는 걸 발견하고 달려왔다.

코에 고리가 줄줄 달려 있는 대족장이 두 팔을 벌렸다.

"형제가 시험을 통과했다. 동맹에 따라서 엠비뉴 교단을 공략하자."

"와아아아!"

전사들이 창을 치켜들고 환호했다.

주정뱅이 스미스가 다가와서 다 안다는 듯이 어깨를 두들겼다.

"용기의 계곡이 무척 힘들었던 모양이군."

위드는 힘없이 대답했다.

"정말 끔찍한 일이죠."

"그래도 이제 다 지났지 않은가. 소중한 경험을 한 셈 치게."

"매달 겪어야 되죠."

"대족장이 그러는데 용기의 계곡 안에 있는 레키에 부족의 망령들이 정말 무섭다던데, 그들은 어찌 생겼는가?"

위드는 고개를 저었다.

"망령은 못 봤습니다."

망령보다는 가계부가 훨씬 무섭다.

나무들 사이나, 등 뒤에서 슬쩍슬쩍 망령들이 활동했다. 눈에 잘 띄지는 않지만 무언가가 존재한다는 것을 감각적으로 느낄 정도!

그러나 가계부를 머릿속에서 정리하는 데 너무 골몰하다 보니 망령들은 보지도 않고 지나가 버린 것이다.

띠링!

> -인도자들의 동맹.
> 통곡의 강에서 사냥하는 레키에 부족이 합류하였습니다.
> 협상자의 명성이 200 오릅니다.
> 매력이 60 오릅니다.

＊

 두 번째 부족의 동맹까지 처리하고 세 번째 부족이 있는 방향으로 움직였다.

 추격자들은 빠르게 쫓아와서 평원 너머에 먼저 진을 치고 기다리고 있었다.

 암흑 기사와 엠비뉴 교단의 병력을 돌파하지 않고는 세 번째 부락이 있는 장소로 가기 어렵다.

 "빙룡, 불사조! 없애 버려!"

 "알았다, 주인."

 빙룡과 불사조들이 추격자들과 전투를 벌였다. 위드는 팔짱을 끼고 구경만 할 뿐이었다.

 공중 몬스터들 중심으로 조각품을 만들고 생명을 부여한 이유. 공중 몬스터들의 생존율이 높기 때문이었다.

 "지상 몬스터와는 비교가 안 되지."

 지상 몬스터들은 둘러싸여서 집중 공격을 받으면 금방 죽을 수도 있다. 그러나 날아다니는 몬스터는 마법사나 궁수들이 부대를 이루고 있지 않은 한 쉽게 사냥할 수가 없다.

차후에는 공중과 지상을 모두 감당할 수 있도록 균형을 갖추어야 하리라. 그러나 아직까지는 빙룡을 중심으로 한 공중 몬스터들이 대부분이었다.

엠비뉴 교단의 추격자들은 빙룡과 불사조들에 의해 고전을 면치 못하고 있었다.

불사조들의 위력이 압권!

"파이어 블래스터!"

마법사들이 공격 마법을 발휘하면 불사조들은 열심히 날았다.

"내 거야!"

"내가 먼저 봤다."

"나부터 먹을 거야."

경쟁이라도 하듯이 날아가서 화염 마법을 날름 받아먹었다.

불을 흡수하는 능력으로 생명력과 마나를 보충하는 것!

불타오르는 대지를 저공비행하면서 화염을 내뿜기도 했다.

나무들이 타오르고 불길이 퍼지면 불사조들은 거의 무한에 가까운 생명력과 공격력을 발휘할 수 있다.

불사조들을 상대하기 위해서는 신성력이나 마나에 의한 타격이나 정령술을 써야 한다. 아니면 빙계 마법을 퍼부어야 한다.

그러지 않고 불사조 오형제를 잡을 방법은 전무!

불사조들은 아예 땅에 내려서서 화염 날개를 휘두르거나 기사들의 정면에 불을 뿜었다.

"크라라라라라라라라!"

무자비한 공격의 빙룡보다도 훨씬 큰 피해를 입히는 중이었다.

빙룡은 육중한 거구로 돌아다니면서 사제들만 골라서 밟아 주었다.

엠비뉴 교단 추격자들의 전력이 삽시간에 절반 이상 붕괴되어 버렸다.

그야말로 조각품들의 위력!

불사조의 대량 양산에 대한 생각이 위드의 머릿속을 스쳐 지나갔다.

"불사조들을 30마리쯤 만들어서… 그러면 웬만해서는 죽을 일도 사라질 텐데."

불사조 30마리라면 가히 화염지옥!

불로부터 힘을 얻는 특성상 생명력이 떨어질 일도 거의 없으리라는 생각!

겨울이나 비가 오는 날씨가 아니라면, 환경에도 크게 영향을 받을 일이 없다. 불의 특성을 최대한 이용하면서도 활용성 측면에서는 빙룡과 비할 바가 아닌 것이다.

하지만 조각품들은 개성에 민감했다.

자신과 비슷하게 생긴 조각품에 대해서는 꽤나 심하게 적대한다. 심지어는 서로 싸우려는 태도도 보일 지경.

예술 스탯이 높을수록 생명이 부여된 조각품들이 강해지면서, 개성에 대한 요구나 자아도 세졌다.

위드의 통솔력과 카리스마의 한계 때문에 10마리 이상의 조각품을 한 종류로 부리는 것은 무리가 있었다.

"누렁아, 가자!"

음머어어어어어!

나머지 잔당은 위드가 누렁이와 함께 처리했다.

추격자 군단이 올 때마다 누렁이나 빙룡, 불사조들의 레벨이 2~3개씩 오르고, 잡템과 무기류들을 넉넉하게 수집할 수 있었다.

다음 부락에 도착하기 전에 추격자 무리가 다시 가까워졌다.

암흑 기사 60명.

사제 10명.

마법사 10명.

기병 400명.

그야말로 살벌하기 짝이 없는 대군!

대군대가 위드를 잡기 위해서 추격해 오고 있는 것이다.

"기사와 사제, 마법사, 기병까지 모두 말을 타고 굉장한 속도로 추격 중입니다."

다섯 방향으로 정찰을 보내 놓았던 불사조들이 돌아와서 보고했다.

위드는 누렁이의 목덜미를 어루만졌다.

"누렁아, 이제부터는 빨리 가자. 더 이상 게으름 부리면 저녁은 소고깃국이다."

안 그래도 누렁이는 밥을 마련할 때마다 노심초사였다. 멀쩡한 털들이 빠질 정도로 스트레스를 받고 있었다.

국을 끓일 때마다 은근히 머리나 족발을 잠깐 담가 주었으면 하는 듯한 위드의 눈빛!

음머어어어어!

누렁이가 속도를 올려서 탄력 있는 몸으로 내달렸다.

어지간한 말을 능가하는 속도. 언덕이나 경사로도 휴식 없이 달렸다.

"빙룡."

"말하라, 주인."

"브레스나 한번 쏘고 돌아와."

엠비뉴 교단의 추격자들이 있는 장소로 날아가서 사용하는 아이스 브레스!

아침에 우유 한 잔을 마시듯이, 매일 아이스 브레스를 쏘도록 지시했다.

엠비뉴 교단의 추격자들은 브레스에 의해 피해를 입고 야금야금 죽어 가고 있었다.

"불사조들."

"주인님의 말을 듣고 있습니다."

"너희는 가서 불 질러. 놈들이 숲이나 산에 오르면 확 불을 질러 버려."

자연보호 따위는 생각지도 않는 전술.

화공!

나무 많은 숲이나 불에 잘 타는 갈대밭에서는 어김없이 불사조들이 추격자들을 습격했다.

"빙룡, 이 부근에 협곡이나 큰 숲이 어디지?"

"서쪽 방향으로 조금만 가면 된다."

"그곳으로 가자."

대규모 군대가 이동하기 어려운 길을 택해서 추격대의 발길을 지연시켰다.

정정당당한 정면 승부!

명예를 걸고 싸우는 기사의 결투!

전사들의 생명을 건 싸움!

이런 것들과는 거리가 멀어도 한참 먼 위드였다.

사제들과 마법사들이 보호 마법을 펼치더라도 아이스 브

레스는 수십 명 이상이 죽는 상당한 타격을 입혔다. 땅 자체가 얼어붙는 탓에 말들이 나동그라지고 기병들의 이동속도도 지연됐다.

그러나 엠비뉴 교단의 추격자들은 어느 정도의 거리에 다다르자 장애물들을 무시하고 거의 일직선으로 따라오고 있었다. 아이스 브레스의 피해가 누적되자 최대한 속도를 내서 위드를 잡을 계획 같았다.

추격자들이 일으키는 흙먼지를 위드도 볼 수 있을 정도였다.

"우리는 끝장이야. 놈들이 거의 다가왔어!"

도움을 주려고 노력하던 주정뱅이 스미스는 만사를 포기하고 절망에 잠겨 더더욱 술을 찾아 댔다.

위드는 마지막 순간이라고 생각하지 않았다. 놈들이 이 정도의 거리까지 다가오는 것에 대한 계산도 이미 서 있었기 때문.

"좀 번거롭게 만들어 줘야지."

몬스터들이 모여 있는 장소만 일부러 찾아가서 살짝 우회하며 싸움을 붙이는 야비함!

냇물을 흙탕물로 만드는 미꾸라지를 능가하는 도주!

엠비뉴 교단의 추격자들은 빙룡의 브레스에 장애물, 몬스터들과도 싸우면서 전진했다.

여간한 몬스터들은 암흑 기사들과 기병들이 토막을 내면

서 이동했지만, 병력에 피해가 컸다.

추격자들은 야금야금 숫자도 줄어들고 체력도 한계에 다다라 있었다. 말들이 거품을 물고 쓰러지고, 사제와 마법사들은 만신창이가 되었다.

그때, 위드는 노란색 풀들이 잔뜩 피어 있는 약초밭을 발견했다.

약초 중에 가장 비싼 약초!

정력에 무궁한 도움을 주는 약초.

위드는 언덕가에 누렁이를 세웠다.

"여기서 결전을 벌여야겠다."

사르미어 부족이 있는 마을까지는 불과 하루 거리였다.

추격자들에게 따라잡히지 않고 무사히 도착할 수 있을 것같았지만, 남김없이 사냥을 할 작정이었다. 약초밭을 내버려 두고 지나간다는 것은 말도 안 되는 소리였기 때문이다.

위드는 나무와 철을 이용해서 도구를 만들었다.

"누렁아, 빨리 이걸 쓰자."

"싫다. 이상하게 생겼다."

자유 방목을 희망하는 누렁이는 본능적으로 강한 거부반응을 보였다.

"최근 소고기 값이 좀 올랐던데……."

"……."

평화로운 설득!

약초를 수확하기 위해 누렁이의 몸에 쟁기를 만들어 씌웠다.

과연 전천후 한우!

누렁이를 데리고 약초들을 수거하고 전투준비를 갖췄다.

숫돌에 검날을 세우고, 방어구도 천으로 깨끗이 닦았다. 최상급 스테이크에 와인까지 곁들였다.

누렁이에게도 정력과 체력 증강에 좋은 약초를 부드러운 풀에 섞어 함께 주었다.

음머어어어어어!

주인의 은총에 감사하는 누렁이!

완전히 전투준비를 갖추었을 때였다.

이제 삼분의 일로 줄어들어서 패잔병과 다름없는 모습으로 추격자들의 무리가 등장했다.

암흑 기사들도 불과 20여 명, 사제와 마법사는 각기 2명씩밖에 남아 있지 않았다.

"엠비뉴 교단의 적!"

"대신관님께서는 사로잡을 필요가 없다고 하셨다. 죽여라!"

말을 잃어버린 병사들은 갑옷을 덜그럭거리며 달리고 있었다.

기병들과 암흑 기사들의 일제 돌격.

돌격을 하는 데도 체력이 소진되어 속도가 안 나는 모습이었다.

약간만 더 괴롭혀 주면 추격자 군단이 몰살할 상황!

"빙룡, 불사조! 선제공격해라."

"알겠다, 주인."

빙룡이 아이스 브레스를 사용하기 위해 숨을 깊이 들이마셨다.

"놈이 브레스를 쏜다!"

"보호 마법을 펼쳐라!"

사제들과 마법사들이 펼쳐 낸 투명한 원이 추격자 무리를 뒤덮었다.

이윽고 빙룡의 주둥이에서 흰 줄기의 브레스가 뿜어졌다.

투명한 원을 바스러뜨리며 적진을 얼리는 브레스의 경천동지할 위력!

100명이 넘는 병사들이 통째로 얼어 버렸다.

보호 마법을 펼치지 않았다면 피해가 더 컸을 것이다.

"후와아아아아악!"

불사조들은 대지에 넓게 불을 질렀다.

"놈을 죽여라."

"죽여서 엠비뉴 신을 위해 심장을 바치자!"

화염 속에서 악귀처럼 덤벼드는 엠비뉴 교단의 추격자들.

누렁이를 타고 있는 위드의 눈이 한없이 차가워졌다.

텅 빈 은행에서 18도에 맞춰진 에어컨처럼 고독하고 쓸쓸하며 잔인한 눈빛.

몬스터들이 강하면 수단과 방법을 가리지 않고 더 강해져서 사냥을 한다.

비겁하거나 비열하다는 말은 위드의 사전에 없었다.

앞길을 가로막는 것들은 무슨 수를 써서라도 부숴 버린다.

항상 최대한 모든 수법을 다해서 승부를 하는데 야비하다는 말 따위는 들을 필요 없는 것.

"놈을 죽여라."

암흑 기사들이 지쳐 거품을 물고 있는 말을 타고 언덕을 거의 올라오고 있었다.

위드가 손을 앞으로 내밀었다.

"축복."

-대신관의 축복을 사용하셨습니다. 20분 동안 육체적인 능력이 강화됩니다.

생명력과 마나의 최대치가 30% 정도씩 상승, 각 스탯들이 20%나 늘어나는 대신관의 축복!

예전에 약할 때에는 거의 절반 가까운 스탯이 늘어났을 정도였다.

어느 장소에서나 반지의 힘으로 1회씩 대신관의 축복을 쓸 수 있다. 그 시간만큼은 위드가 조각사가 아닌 전사로 태어나는 순간이었다.

위드가 누렁이의 엉덩이를 손바닥으로 쳤다.

"가자, 누렁아!"

누렁이가 네발을 박차고 언덕 아래로 한껏 질주했다.

언덕의 경사로를 내려가면서 살 떨리게 붙는 가속력. 말처럼 빠르기만 하지는 않았다.

힘!

묵직한 체중과 속도로 돌진했다.

암흑 기사가 정면으로 창을 찔러 왔다.

매우 빠르고 정교하게 목을 노리고 있다. 과연 엠비뉴 교단의 기사답게 숙련된 모습이었다.

위드는 고개를 숙여서 스칠 정도로 아슬아슬하게 그 창을 피하고 검을 올려 베었다.

"달빛 조각 검술!"

갑주를 입고 있지 않은 말의 목을 쳐서 기사와 함께 쓰러뜨렸다.

두 걸음도 채 떼기 전에 다른 암흑 기사가 덤볐다.

"죽어랏!"

풍압이 느껴질 정도로 거세게 도끼를 휘두르는 적 기사!

기사들이 질주하며 휘두르는 무기를 정면에서 받아치면 내구력이 상하거나 검이 깨질 우려가 있다. 위드의 무기는 최상의 상태를 유지하고 있지만, 일부러 부딪칠 필요는 없다.

'허점을 만든다.'

위드는 누렁이를 반보 옆으로 움직이게 하며 검을 휘둘

렀다.

도끼의 짧은 간격과 검의 길이를 이용한 전술!

절묘하게 만들어진 거리로 인해서 암흑 기사의 목을 벨 수 있었다.

황소와 일체된 공격술!

기사들끼리의 싸움에서는 승마술에 따라서 승패가 갈리기도 했다.

위드는 누렁이를 수족처럼 다루며 전투에 임했다.

푸히히힝!

암흑 기사들이 타고 있는 말들이 가쁜 숨을 내뱉으며 언덕을 오른다. 그러다가 누렁이의 험악하게 변한 눈빛을 보며 전의를 상당히 잃어버렸다.

음. 머. 머. 머-!

광분하여 미치기 직전의 누렁이!

뒷발로 차고 뿔로 들이받으면 여지없이 말들이 나가떨어진다. 누렁이의 네발에서 공격과 방어가 기본적으로 이루어졌다.

위드는 황소의 넓은 등판에서 검을 유리하게 사용할 수 있었다.

거친 맹수처럼 적들 사이를 종횡하며 검을 휘둘렀다.

암흑 기사들이 스쳐 지나갈 때마다 창과 검이 교차한다. 검광이 번뜩이면 암흑 기사들이 여지없이 땅에 떨어진다.

하나의 숨결에 정확히 1명씩!

"가자, 누렁아!"

위드는 암흑 기사들 사이로만 누렁이를 몰았다.

갑옷을 입고 있는 기마 상태에서는 땅에 추락하기만 해도 거의 치명상을 입는다. 기사들이 가진 훌륭한 방어력에도 불구하고 갑옷의 무게에 짓눌리는 상황!

짧은 교차들이 이루어질 때마다 효율적이고 정확한 공격으로 암흑 기사들을 제압하고 있는 위드였다.

기사들과 말은 지쳐 있는 데다가 언덕을 오르느라 속도도 느렸다. 반면에 위드는 경사를 타고 내달리면서 힘과 기세가 절정에 올라 있었으니, 기사들과의 부딪침에는 비교할 수 없는 조건이다.

전략과 전술의 활용!

몬스터들에게로 유인해서 피해를 주고, 체력을 떨어뜨리려 쉬지 못하게 만들었다.

오크들과 싸울 때와 엘프들과 싸울 때의 방식이 달랐다.

오크들이 먹이로 잘 유인된다면 엘프들은 더러운 걸 싫어한다. 궁술과 마법, 정령술을 사용하기 때문에 근접전으로 이끌어야 된다.

적 종족의 습성이나 행동 양식, 전투법에 따라서 전략과 전술을 결정한다.

위드는 사소한 싸움이라고 해도 유리한 전장으로 이끌었

다. 하지만 뜨거운 가슴은 대책 없이 더 많은 적들만을 원할 뿐이다.

정말 많은 적들, 버거운 적들을 보면 전투에 도취되어 끓어오르는 피가 희생양을 바란다.

맹수의 기질.

전신의 본성.

"우아아아아아!"

위드의 입에서 사자후가 터졌다.

―스킬 사자후를 사용하셨습니다.
사자후 스킬의 영향 범위에 있는 모든 아군의 사기가 200% 상승합니다.
존재하는 모든 혼란 상태가 해제됩니다.
5분간 통솔력이 270% 추가 적용됩니다.

"명령이다! 빙룡, 불사조! 적들을 쓸어버려라!"

엠비뉴 교단의 추격자들. 규모가 이 정도 되면 거의 군대였다.

지휘관의 통솔력에 따라서 움직이며, 사기도 매우 중요한 요소!

매일 한차례씩 쏘아진 아이스 브레스에 의해 암흑 기사들의 절반이 죽었다.

기병들에 대한 통제력이 약해진 상황!

빙룡이 날뛰면서 짓밟고 물어뜯고 얼음을 얼렸다.

불사조들이 광란을 일으켰다. 불을 토해 내고, 깃털을 날려 화염의 비를 만들었다.

온통 불바다가 되며 추격자들은 사기가 하락하고 혼란에 빠졌다.

누렁이를 타고 있는 위드는 적진의 한복판을 달리고 있었다.

상대의 무기를 흘려 내고 쳐 내고, 적들 사이를 꿰뚫는 화살이 되었다.

언덕을 올라오던 기병과 암흑 기사 들을 역으로 돌파한다.

"우아아아아아아아!"

위드의 입에서 끓어오르는 함성이 토해졌다.

암흑 기사들을 지나치고 난 이후에 맞닥뜨린 엠비뉴 교단의 기병들은 그저 손쉬운 간식거리일 뿐.

음머어어어어어어어!

누렁이도 괴성을 터트렸다.

황소후!

소의 울음소리와 함께 위드는 지치고 상처 입은 암흑 기사들과 기병들을 베고 있었다.

타오르는 불길과 떨어지는 얼음 조각들 틈에서의 난전이었다.

사르미어 언덕에서의 혈투!

유로키나 산맥에 정착한 검치 들!

처음 오크 마을에 왔을 때에는 제피의 조언을 적극적으로 따랐다.

― 여자 사귀는 법요? 일단 눈빛을 마주쳐 보세요.

검치 들은 뚫어져라 오크 암컷들을 보았다.
"우헤엥. 무서워. 취취!"
오크 암컷들의 등골까지 오싹하게 만드는 눈빛!
베르사 대륙에 흩어져 있던 검치 들이 한자리에 모였다.
근육질에 험상궂은 외모, 유리알보다 번뜩이는 날카로운 눈빛을 하고 오크 마을에서 단체로 몰려다니는 검치 들!
오크 암컷들은 압박감을 느끼고 그들을 보면 피해 다니기만 했다.
제피의 두 번째 조언.

― 그다음에는 자연스럽게 말을 걸어야죠. 특별한 멘트들을 무리해서 만들려고 할 필요는 없어요. 자연스럽게, 같이 밥 먹으러 갈래요? 이런 정도면 될 걸요.

검치 들은 겁에 질려 있는 오크 암컷들에게 다가갔다.

오크 암컷들이 도망칠 수 없게 만드는 순발력으로 잽싸게 에워싼 후에!

"오크 아가씨, 우리 어디 조용한 숲에 가서 피가 뚝뚝 흐르는 사슴 고기나 씹어 볼래요?"

오크 암컷들은 로열 로드를 하러 와서 오크 종족을 택하고 꿈에 부풀어 있었다.

'아, 이제 신 나게 모험을 해야지.'

막 고등학교를 졸업하고 난 이후 대학에 진학한 신입생들이 많았다.

재기 발랄하고 활기차게 초보 생활을 즐기려는데 무식하게 생긴 아저씨들이 접근하는 것이다.

"꺄아아아악!"

두꺼운 등을 보이고 도주하는 오크 암컷들!

둔한 검치 들이라도 이쯤 되면 느낄 수 있었다.

"뭔가 이상하다."

"제피의 조언이 전혀 안 먹혀드는 거 같아."

데이트를 할 때에는 분위기를 잡고, 말을 너무 많이 하지 마라.

세 번째 조언도 부작용만 보였다.

백번의 시도 끝에 이루어진 데이트였는데, 말도 없이 노려보기만 한다.

어색하고 답답한 분위기.

오크 암컷들은 억지로 식사를 끝내고 일어섰다.

"잘 먹었네요. 취익! 그만 가 볼게요. 췻췻."

애타게 기다렸지만 그 암컷을 다시 볼 수는 없었다.

"이건 뭔가 아니야."

"제피 이놈이 우릴 속였어."

처절한 응징!

"세상에 속일 사람이 없어서 노총각들을 속여?"

"어떻게 만든 기회인데……. 이제 소문이 퍼져서 오크 암컷들도 우리만 보면 피한단 말이다!"

제피는 도장에 꼬박꼬박 나와서 훈련을 받았다.

검둘치의 손에 이끌려서 신입 부원이 되었던 탓.

훈련량이 3배로 뛰었다.

"우리에게 맞는 연애 방법이 필요해."

검치 들은 실패를 거울삼아 스스로를 돌아보게 되었다.

연애는 스스로의 모자람에 대해 자각할 수 있는 좋은 기회였다.

메이런, 화령, 로뮤나, 이리엔, 수르카에게 자신들이 어떤 면에서 다른 남자들보다 못한지, 매력이 없는지를 물었다.

가장 먼저, 생각해 볼 것도 없다는 듯이 로뮤나가 말했다.

"일단은요, 몸이 너무 두꺼워요. 근육이 너무 많아서 부담스러워요."

"남자라면 이 정도 근육은 있어야지!"

검삼치가 팔뚝에 힘을 주었다.

팔뚝 두께 52센티!

여자들의 허벅지보다도 훨씬 두꺼웠고, 지렁이보다 굵은 힘줄이 꿈틀거린다.

팔뚝만 근육질이 아니었다.

다리는 여자들의 허리보다도 더 두꺼웠다.

"어때, 내 남성미가?"

"으으, 그런 근육은 남성미가 아니라 징그럽기만 하다고요."

근육으로 인한 호감 감소.

메이런은 옷차림을 지적했다.

"패션 감각이 전혀 없으세요. 평소에는 옷을 대체 어떻게 입고 다니세요?"

로열 로드에서도 패션은 중요했다.

로브를 입더라도 부츠와 색을 맞춰서 장만한다. 옷감을 염색하고, 옵션은 조금 떨어지더라도 전체적인 어울림을 중요하게 여겼다.

예쁜 옷이나 디자인 좋은 갑옷은 특별히 높은 가격에 팔린다.

로열 로드도 실제 하나의 사회와 같았기 때문에, 꾸미고 다니는 것도 매우 중요했다.

던전 탐험을 하면서도 옷이나 갑옷이 더러워지지 않을 정도로 약간씩은 주의한다.

성이나 마을에 갈 일이 있으면 갑옷을 반짝반짝 광이 나도록 닦는 것은 기사들의 기본적인 예의였다.

하지만 검치 들은 금속이 아닌 썩은 뼈로 된 검과 갑옷을 착용했다.

본 브레스트 아머, 본 소드.

본 드래곤의 뼈로 만든 상급 아이템!

위드가 직접 제작해 주었는데, 역겨운 악취가 이만저만이 아니었다.

사슬 갑옷 바지에 구멍 난 장갑과 투구. 완전히 제멋대로의 장비였다.

"평소에는 도복이랑 운동복밖에 안 입고 다니는데."

검치 들의 목소리가 작아졌다.

"운동복이라면 추리닝요? 요즘 추리닝 예쁜 것도 많잖아요."

메이런이 말하는 추리닝들은 스포츠 회사에서 최신 트렌드에 맞춰 나오거나, 유명 메이커들이 출시한 제품들이었다.

하지만 검치 들이 입는 추리닝들은 두껍고 땀내 나는 회색 운동복!

도복이나 운동복만 10년 넘게 입어 왔으니 패션 감각과는 완전히 동떨어졌다.

화령도 말했다.

"여자 친구는 있었어요? 애인 말고 그냥 알고 지내는 여자라도 있으시냐고요. 편하게 지내는 친구들이 많이 있으면 애인도 금방 만들 수 있을 건데요."

검치 들은 한숨만 푹 쉬었다.

운동에 전념하다 보니 여자와 친해질 일이 어디에 있었겠는가.

화령이나 이리엔, 로뮤나 등이 그나마 안면이 있어서 말이라도 가끔 하는 사이 정도다. 현실에서는 여자와는 정말 거리가 먼 생활을 했다.

그런데 검삼백치가 갑자기 고개를 번쩍 들었다.

"밥집 아줌마?"

웅성웅성.

"우유 배달해 주는 아줌마."

"옆집 아줌마랑 중학교 다니는 꼬맹이."

"사촌 동생."

알고 지내는 여자들의 총동원!

단체로 남자들끼리 어울리다 보니 여자들과는 거리가 먼 생활을 하고 있었다.

화령이 곤란한 듯이 물었다.

"텔레비전은 보세요?"

"응?"

"드라마나 영화, 아니면 연애 프로그램이나……. 라디오라도 좋아요."

문화생활을 하고는 있냐는 물음.

"텔레비전이라면 가끔 보기는 하는데……."

그나마 긍정적인 신호!

"권투나 이종 격투기, 레슬링 방송을 주로 보는 편이지."

"영화는 <폭력의 추억>을 마지막으로……."

"축구나 야구, 배구 방송도 보긴 하는데."

문화생활과는 너무나도 멀리 떨어진 인생을 살아온 검치들이었다.

화령은 오히려 신기한 느낌마저 들었다.

'어떻게 이런 남자들이 다 있을까?'

이때, 수르카가 전혀 의도하지 않은 치명타를 날렸다.

"무섭게 생겼어요."

"……."

핵심적인 결격 사유!

검치 들은 중대한 착각을 하면서 살아왔다.

연애도 경험할수록 늘어난다. 순진함만으로 자기가 사랑하는 여자가 좋아해 줄 거라 믿는다면 큰 오산!

정말 사랑하는 여자를 만나고, 또 그녀와 사귀기 위해서는 시행착오도 필요하다. 그에 더해 거짓말과 자신을 꾸밀 줄 아는 자세도 필요했다.

여자들이 왜 나쁜 남자나 바람둥이들에게 빠지는가.
 착한 남자는 매력이 없다. 자기가 착한 것만 생각할 뿐이다. 남자 친구로서 여자의 마음을 이해하지도 못하고, 친근하게 다가가지도 못한다.
 알지도 못하는 사람을 좋아할 리가 만무!
 사랑을 하고 연애를 하고 상처를 받는 과정이 있어야 하는데, 막무가내로 인연만 만나면 된다고 여기는 초보들이었다.
 그래도 이리엔이 힘을 주었다.
 "오라버니들도 매력이 있어요. 친해지기만 하면 그 매력을 보여 줄 수 있을 거예요."
 그리고 이어서 실질적인 조언을 해 주었다.
 검치 들의 장점을 최대한 살려라!
 여자들은 믿음직한 남자들을 좋아할 수밖에 없다.
 초보자들과 함께하면서 그들과 친해져라.
 한 걸음씩 차분히 다가가면 될 것이라는 격려까지 해 주었다.

 오크 마을에서 주로 활동하는 검치 들에게 제의가 들어왔다.
 "취익! 인간들, 싸움 실력이 꽤 좋다. 어린 오크들을 가르쳐 볼 생각이 있나?"
 오크 마을 수련장 교관으로의 정식 채용!

사범들은 물론이고 수련생들도 도장 운영 경험이 있었다.
'초보자들을 가르치는 교관이라…….'
'딱 우리의 적성에도 맞고, 장기를 발휘할 수 있는 분야다.'
일당은 하루 2골드!
사냥으로 얻을 수 있는 돈에 비하면 새 발의 피도 안 되는 금액이었지만 승낙했다.
"하겠습니다."
"교관으로 취직하겠습니다."
검치 들은 그날부터 교관이 되어서 수련장에 온 초보들을 가르쳤다.
초보 오크들에게는 익숙하지 않은 무기인 글레이브 사용법 등을 가르치는 것이다.
"수련장에 오신 초보 오크 여러분을 환영합니다. 그럼 교관으로서 먼저 글레이브 사용법에 대한 시범을 보여 드리겠습니다."
검오치가 초보 오크 암컷들을 상대로 시연을 보여 주기로 했다.
수련장에는 50마리도 더 되는 오크들이 앉아서 구경하고 있었다.
검오치가 나무를 강하게 발로 찼다. 그러자 나뭇가지에 매달려 있던 잎사귀들이 우수수 떨어진다.
촥촥촥촥촥!

낙엽을 꼬치 꿰듯이 꿰어 버리는 글레이브!
"자, 너무 쉽죠?"
검오치가 밝게 웃었다.
초보 오크 암컷들이 그 행동을 따라서 할 수 있을 리가 만무했다.
"아 씨, 왜 이렇게 무거워?"
"잘 휘둘리지도 않아. 취이익."
낙엽 한 장 맞히기도 어려운데, 검오치는 반복적으로 시범을 보여 주면서 더없이 의아한 듯 연거푸 물었다.
"이게 안 돼요? 왜 안 돼요? 무지 쉬운 건데……."
촤촤촤촤촤!

인도자의 권능

사르미어 언덕에서의 혈투를 마쳤을 때 위드의 생명력은 고작 150이 남아 있을 뿐이었다.

위드는 누렁이를 타고 적진을 여러 번 돌파했다. 전투에 완전히 몰입해서, 위험한 전장으로 몸을 던졌다. 그렇게 생명의 위기에 처하자, 빙룡과 불사조들이 결사적으로 싸워 준 덕분에 간신히 살았다.

누렁이도 추격해 오는 기병들을 떨쳐 내기 위해 불길 속을 뛰어다니면서 활약했다.

조각품들!

일단 만들고, 생명을 부여할 때에는 아까웠지만 본전은 확실히 뽑아 주었다.

그렇다고 해서 위드가 인정을 해 주진 않았지만.

"쓸모없는 놈들."

"……."

"다 니들이 약하고 못난 탓이잖아. 똑바로 하지 못해, 이것들아?"

끊임없는 부하 탓!

잔소리와 비난.

보통 때 전투에서 승리하면 한마디 했다.

"역시 나에게는 안 되는군. 나와 싸우려고 하다니, 정말 무모했다."

이기면 자기 탓.

상황이 불리하면 부하 탓!

훌륭한 명장은 부하들을 탓하지 않는다지만, 위드는 푸념과 하소연 그리고 잔소리로 조각품들을 다스리고 있었다.

음머어어어!

착한 누렁이는 순종적으로 머리를 비볐다.

한우의 정.

도살장으로 끌려가는 순간까지도 사람을 원망하지 않고 슬픈 눈빛만을 보여 준다는 한우였다.

하지만 밤마다 위드가 잠깐이나마 휴식을 취하거나 잠을 잘 때에는 부하들끼리 모임을 가졌다.

빙룡과 불사조, 누렁이가 구석에 작게 쪼그려 앉았다.

영락없이 음험한 모의를 작당하는 모습!

 빙룡이 혹시 누군가 들을까 무서워하며 조심스럽게 속삭였다.

 "참아라. 참다 보면 기회는 온다."

 "정말 기회가 옵니까?"

 "선배님, 영원히 그 기회가 안 올 것 같은데요."

 빙룡이 목에 힘을 주며, 날개를 잠깐이나마 활짝 폈다.

 "아니야. 나를 봐라. 얼마간이었지만 자유를 얻을 수 있었다."

 "자유!"

 누렁이의 눈가에 열망이 어렸다.

 자유 방목.

 얼마나 아름다운 단어이던가.

 "자유는 정말 이루 말할 수 없는 기쁨이다. 넓은 대륙을 돌아다니면서 몬스터들을 사냥하며 행복하게 지낼 수 있다."

 불사조들은 묵묵히 고개를 끄덕였다.

 하늘 같은 선배의 조언을 금과옥조로 받아들이고 있었다.

 "비가 오는 날은 얼마나 운치가 있는지 아느냐? 호숫가를 여행도 하고, 산맥을 지나면서 구름들 사이를 통과하기도 하고. 베르사 대륙은 정말로 아름답다."

 "우리도 베르사 대륙에 가 보고 싶습니다."

 누렁이나 불사조들은 이곳 지옥의 끝 부근에서 탄생해 베르사 대륙에는 가 본 적이 없다. 빙룡의 말을 통해 듣기만 했을 뿐이다.

"베르사 대륙에는 부드러운 풀들이 많다. 고소하면서 담백한 풀들이 지천으로 널려 있다. 강물은 맑고 시원하다."

"오, 풀들!"

"불사조들, 너희 고구마에 대해서 아느냐?"

"고구마?"

"구워서 먹으면 사탕처럼 달콤하다. 입안에서 살살 녹지."

"사탕은 뭔가요?"

"사탕도 모르다니! 사탕은 인간들이 먹는 간식이다."

빙룡은 사냥을 해서 번 돈으로 간식 꽤나 사 먹어 본 솜씨였다.

위드가 북부에서 사냥을 할 때, 알베론과 서윤이 함께 있었다.

알베론은 자기 몫의 식사를 뚝 떼어서 나누어 주었다. 고구마는 그렇게 맛을 보았다.

그리고 서윤이 던져 준 사탕!

"사탕은 목숨을 바칠 만한 가치가 있는 간식이다."

"그 정도인가요?"

"사탕의 위대함을… 너희 어린것들은 아직 모르고 있다. 혀를 굴리면서 살살 녹여 먹으면……."

빙룡은 입맛을 쩍쩍 다셨다.

"주인과 같이 다니던 여신처럼 예쁜 아가씨가 있었는데… 혹시 그분을 본다면 애교를 부려라. 애교에 약한 아가씨다. 잘하면 사탕을 얻어먹을 수도 있을 것이다."

"주인의 친구입니까, 애인입니까?"

누렁이가 크게 울더니, 불신의 표정을 진하게 지었다.

"저는 주인에게 친구가 있다는 사실을 믿지 못하겠습니다."

친구도 없을 것 같은 인간성!

빙룡이 고개를 저었다.

"무슨 관계인지는 나도 모르겠다. 인간들의 관계는 매우 복잡하기 때문이다. 아무튼 이야기가 잠깐 다른 곳으로 샜는데, 기회는 반드시 찾아온다. 자유를 위해서는 참아라. 자유는 희생 없이는 얻을 수 없다. 참다 보면 언젠가는……."

"언젠가는……."

누렁이가 가장 음침하게 말했다.

"사탕은 꼭 먹어 보고 싶군요."

추격자들을 모두 해치우고 위드는 사르미어 부락에 도착했다.

사르미어 부족의 부락은 세 부족 중 가장 크고 영역도 넓었다.

사르미어의 대족장은 허리가 굽은 꼽추 노인이었다.

그는 지팡이를 높이 들었다.

"마탈로스트 교단과의 동맹? 우리 사냥꾼들은 죽음을 무서워하지 않는다. 동맹의 약속을 지킬 것이다."

예상과는 달리, 사르미어 부족은 동맹에 흔쾌히 나서기로 했다.

"대족장과 사르미어 부족에 영광이 있을 것입니다."

위드는 부족의 사냥꾼들이 하는 행동을 따라 예를 취했다. 눈을 부릅뜨고 입을 같이 벌리는 애매모호한 자세!

사냥꾼들의 어깨에는 독수리가 앉아 있는 경우가 많았다. 사냥감을 손에 쥐거나 줄로 묶어서 질질 끌고 다니는 모습을 부락에서 얼마든지 쉽게 찾아볼 수 있었다.

다른 부락에 비하여 식료품의 양이 많았다.

사냥감이 많다는 소리는 그만큼 사르미어 부족이 강하다는 뜻도 되리라.

활과 창, 검, 도끼, 망치 등 여러 무기들이 사냥꾼들의 등이나 어깨에 매달려 있었다.

"하지만 우리 부락민들 중에는 아직 그 이름조차 남기지 못한 이들이 많다."

"……."

"이름을 남기는 일은 중요하다. 우리 부족에서는 큰 사냥에 나가면 그들의 모습을 조각해서 마을에 세워 놓는다. 자

라나는 아이들이 부모의 위대함을 알 수 있도록 사냥꾼들의 조각품을 만들어 다오."

"그렇다면……."

"얼마나 많은 사냥꾼들이 마탈로스트 교단과의 동맹을 위하여 싸울지는 그 조각품의 숫자에 따라 결정될 것이다."

조각품은 사냥꾼들의 마지막 기억.

사르미어 부족은 조각품을 만들어 주어야만 싸울 수 있다는 것이었다.

위드는 부락 내에 있는 사냥꾼들의 외모를 살폈다.

깃털과 가죽옷을 입고 있는 야만족들!

휴대하는 무기들도 각양각색으로, 개성적인 외모들이라서 조각품을 깎는 데 어렵지 않았다.

오랫동안 보존되어야 했으니 흙이나 나무보다는 바위를 이용해야 했지만, 자하브의 조각칼은 암석을 무 자르듯이 한다.

"늠름하게… 그리고 따뜻하게."

위드는 부락 내에 있는 진열터에 사냥꾼들의 조각품을 만들었다.

기본적인 야만족의 형태를 만들어 낸 뒤에 세밀한 표현을 해서 차이를 주는 것이다.

점점 빨라지는 양산 체계.

고급 조각술 6레벨, 고급 손재주 6레벨!

숙련도로 따지자면 마스터의 경지까지 한참이나 남아 있지만, 노가다로 인한 스킬 레벨은 조각품들의 가치와 품격에 도움을 주었다.

"역시 조각품은 외관이 중요해."

아파트도 마감재가 중요한 것처럼, 조각품을 만들기 위한 바위의 재질도 중요했다.

워낙 많은 경험이 쌓이다 보니 바위들만 봐도 적당한 부위나 생김새들이 떠오른다.

바위의 결이나 무늬 들을 최대한 살리면서도 효과적으로 만들 수 있는 조각품들!

같은 장소에서 나온 바위라고 해도 조각품을 만들기 좋은, 가치가 높은 바위가 있다.

"앞다리 살과 꽃등심의 가격이 다른 것과 비슷한 이치지."

양질의 바위들을 이용해서 빠르게 조각품을 만들어 내는 위드!

대량생산은 예술가의 덕목은 분명 아니다.

그럼에도 조각품이 기쁨을 주고 필요하다면, 만드는 걸 거절하지 않는다.

사르미어 부족의 조각품. 사냥꾼 3,000명을 이십 일에 걸쳐서 만들어 냈다. 야만족들과 동일한 크기로 만들라면 절대

불가능했겠지만 축소된 형태라서 가능했다.

통곡의 강에서 많은 조각품들을 만들면서 시간을 단축했던 경험도 도움이 되었으리라.

3,000명은 사르미어 부족에서 동원이 가능한 최대한의 숫자!

마을을 지켜야 하는 최소한의 사냥꾼과 어린아이, 여자 들을 제외한 전부였다.

조각품이 완성되자 사르미어 부족의 대족장과 사냥꾼들이 등장했다.

"마탈로스트 교단과의 동맹의 증표를 가지고 있는 그대를 대리인으로 인정한다. 우리는 전쟁에 나설 것이다."

"우와아아아아!"

띠링!

마탈로스트 교단의 약속의 동맹이 결성되었습니다.
베자귀, 레키에, 사르미어 부족은 엠비뉴 교단과의 전쟁을 위하여 사냥꾼과 용사 들을 소집할 것입니다.
베르사 대륙의 어긋난 질서를 바로잡기 위한 전쟁이 개시됩니다.

명예로운 칭호, '마탈로스트 교단의 신의 대리인'을 획득하셨습니다.
마탈로스트 교단의 성물들을 사용할 수 있게 되었습니다.
*동맹의 증표, 지팡이의 인도자의 권능을 이끌어 낼 수 있습니다.
*지팡이의 속성이 변했습니다.

―명성이 450 올랐습니다.

―레벨이 오르셨습니다.

―레벨이 오르셨습니다.

 동맹을 결성하면서 위드의 명성이 또 증가했다.
 위드의 명성은 원래 굉장히 높은 축에 들었다.
 조각품들을 만드는 예술인으로서 얻은 큰 명성!
 퀘스트를 진행하면서도 명성을 얻었다.
 다크 게이머 연합 길드, 방송사에서 진행하는 '베르사 대륙 이야기' 프로그램에서도 위드보다 명성이 높은 이들은 거의 손에 꼽을 정도!
 어마어마한 돈을 신전에 기부한 상인이나, 로열 로드에서 10위 랭커들 정도에 불과했다.
 이번 퀘스트를 진행하면서 많은 명성을 얻게 되어서, 베르사 대륙에 돌아가면 어떤 변화가 생길지 궁금할 정도였다.
 위드는 부족의 사냥꾼들 사이에서 지팡이를 꺼냈다.
 새하얀 빛이 어려 있는 지팡이!
 노인들이 사용하기에나 적합해 보이던 칙칙한 지팡이가 대신관의 스태프처럼 기품 있게 변해 있었다.
 "감정!"

되살아난 동맹의 증표, 지팡이 : 내구력 2,000/2,000. 공격력 98.
마탈로스트 교단이 인근 부족들과 동맹을 체결한 후에 증표로 삼은 지팡이.
신의 축복이 부여된 물건.
베르사 대륙의 모든 피조물들은 인도자의 권능에 답할 의무를 가진다.
제한 : 마탈로스트 교단의 인정을 받은 자.
　　　신앙 2,000.
옵션 : 마법 공격력 +35%.
　　　신성력 +100%.
　　　명성 +1,200.
　　　외교적인 협상 능력 증가.
　　　인도자의 권능 사용 가능.

인도자의 권능 : 베르사 대륙의 피조물들에 대한 강제 소환. 종족과 몬스터, 사물을 가리지 않음.
마탈로스트 신의 축복에 의해 부여된 권능. 현재는 교단이 몰락한 상태로, 남아 있는 권능의 힘만 쓸 수 있다.
총 3회 사용 가능.
생명체의 소환에는 권능의 발현 이후 15시간 이상이 걸린다.
퀘스트에 인도자의 권능을 사용하게 되면 공적치와 보상이 일정하게 줄어들게 됨.
***주의** : 소환된 몬스터는 협조적이지 않을 가능성이 높다.
　　　　길들이지 못한 몬스터들은 독자적인 판단을 하고 그에 따라 행동할 것이다.

그 어떤 생명체, 보스급 몬스터도 소환할 수 있는 권능!
위드는 베르사 대륙에 있는 보스급 몬스터들을 불러들일 수 있게 되었다.

베자귀 부족!
몬스터를 닮은 대머리 용사들 2,000이 모였다.
레키에 부족!
근엄한 전사들과 주술사들이 엠비뉴 교단과의 전투에 1,500명 참전했다.
사르미어 부족!
깊은 눈빛, 오랜 기다림과 승부에 익숙한 사냥꾼들 3,000이 동원되었다.
위드는 장장 열흘에 걸쳐서 그들과 함께 엠비뉴 요새가 있는 장소로 이동했다.
"용사들이여, 싸워라!"
중간에 몬스터들과의 싸움을 통해 손발도 약간 맞춰 보았다.
레키에 부족의 주술사들이 환영을 불러내서 교란시키고, 베자귀 부족의 용사들이 목숨을 걸고 블랙 와일드보어들을 막는다. 사르미어 부족의 사냥꾼들이 그 기회를 틈타서 활을 쏘고 창을 던졌다.

사실 사르미어 부족의 장기는 함정 설치 등에 있었으나, 실제 몬스터 사냥에서는 그리 쓸 일이 많지 않았다.

주술사, 용사, 사냥꾼의 조합!

하지만 동맹 부족들의 무장은 너무도 보잘것없었다.

이가 빠지고 녹슨 검과 도끼를 쓰는 경우도 허다했고, 갑옷도 없이 두꺼운 가죽을 몸에 두르고 있는 정도다.

"괜히 야만족이 아니로군."

형편없는 방어력으로 인해서, 목숨의 위기를 넘긴 적도 수차례.

위드는 틈나는 대로 그들의 무기를 수리해 주거나 손봐 주고 방어구들도 맞춰 주었다. 그렇다고 해도 긴 시간이 아니었기에 완벽한 상태는 아니었다. 질 나쁜 철을 제련해서 보급용 검을 나눠 주었고, 갑옷도 금속과 가죽을 뒤섞은 정도였다.

"이런 명검이……! 검이 번쩍번쩍 빛나다니, 굉장한 일이다."

그래도 동맹 부족들은 크게 기뻐했다.

독을 다루고 활을 잘 쏘며 민첩한 특성이 있기에 사냥에는 최적화되어 있다. 지휘나 통제를 무시하고 때때로 제멋대로 몬스터와 싸우려고 하기에 골치가 아플 뿐.

친밀도를 아무리 올려놓더라도 동맹 부족들의 투쟁심이

지나쳐서 피해가 생겼다.

열흘간 이동을 하면서 죽은 동맹 부족원만 해도 42명이나 됐다.

위드가 사냥을 통해서 강하게 키운 탓도 있겠지만, 약한 방어력에도 불구하고 도망치지 않고 몬스터와 끝까지 싸우다가 죽은 게 대부분이었다.

그렇게 오합지졸 동맹 부족과 함께 엠비뉴 교단의 요새가 있는 곳으로 돌아왔다.

"역시 쉽지는 않겠군."

다시 본 엠비뉴 교단의 신전!

마물들이 삼엄하게 호위를 하고, 성벽의 높이는 10미터가 넘는다.

요새의 중앙부에는 마치 자유의여신상처럼 거대하고 웅장한 엠비뉴 신의 동상까지 세워져 있었다.

동상은 불길한 먹구름 같은 것을 통해서 엠비뉴 요새를 둘러싸고 있다. 조각사로서 감정을 해 봐야 알겠지만, 엠비뉴의 병사들과 사제들에게는 상당히 큰 힘을 부여해 주는 동상일 것이다.

느낌으로 봐서는 최소한 명작이나 대작. 크기까지 감안한다면 대작일 가능성이 높다.

조각사로서 아군에게 대작의 조각품이 작용된다면 그만큼 든든한 게 없다. 하지만 적들이 그런 조각품을 보유하고 있다면 심리적으로 큰 불안감을 안겨 준다.

"마물들은 안식의 동판을 사용하면 오히려 우리 편으로 만들 수는 있겠지만……."

위드는 고개를 저었다.

통곡의 강에서 조각품을 만들 때 싸워 봤지만 대부분의 마물들은 그다지 강하지 못했다. 엠비뉴 교단의 전력이 어느 정도인지도 모르는데 마물만 아군으로 끌어들일 수 있다고 방심할 수는 없으리라.

게다가 안식의 동판은 성물임에도 불구하고 내구력이 12밖에 남아 있지 않은 저질 상태다. 내구력이 100 이상이라면 여러 번 사용해도 파손이 덜 되지만, 이렇게 하락했을 때는 언제 부서져도 이상하지 않다.

'중고품들이 다 그렇지.'

안식의 동판은 최대한 아껴 사용해야 할 물건. 함부로 사용해서는 결정적인 때에 쓸 수 없다.

'야만족으로 성벽을 공략하기는 어려울 텐데… 무슨 방법을 써야겠군.'

동맹 부족들은 집단 전투에는 능숙하지 않을뿐더러 지휘에 잘 따르지도 않는다.

더구나 공성 병기라고는 하나도 없는 상태였으니까!

"일단 공성 무기부터 만들어야겠어."

위드는 공성 무기 제작을 개시했다.

몬스터들을 사냥하며 획득했던 뼈와 힘줄, 벌목으로 얻은 나무!

거대한 통나무 2개를 일자로 세우고, 블랙 와일드보어의 굵고 탄력이 뛰어난 힘줄을 이용해 발석기를 만들었다.

중급 대장장이 스킬로 탄생한 공성 무기!

띠링!

위드의 발석기 : 내구력 130/130. 최대 파괴력 26. 사정거리 37.
연사 속도 3. 명중률 3.
다재다능한 장인이 만든 기초적인 발석기이다.
처음치고는 무난한 솜씨로 만들어지긴 했지만, 중추격인 역할을 하고
중심을 잡아 줘야 하는 나무들의 재질이 약하다.
명중률이 낮아서 성벽에 집중적인 타격을 줄 수 있을지는 의문.
사용을 위해서는 굉장한 힘이 필요할 것 같다.
제한 : 대규모 노동력이 필요함.
옵션 : 낮은 명중률.
　　　사고 발생이 거의 없음.

-대장장이 스킬의 숙련도가 상승하셨습니다.

처음 만든 것치고는 나쁘지 않은 공성 무기.

"일단 숫자라도 채워 넣어야겠지."

위드는 발석기를 10대 제작했다.

다만 처음 만드는 것이었으니 성능만큼은 예측 불가능.

보통 몇 번의 시행착오를 거치며 개량을 하기 마련인데 모든 게 최초였던 것이다.

동맹 부족들이 다가왔다.

"굉장히 큰 무기다. 우리에게 주는 건가?"

위드는 엄지손가락을 세웠다.

"암. 너희를 위해서 만들었다. 저 요새도 무너뜨릴 수 있을 거다."

"최고다."

"이걸 가진 이상 너희는 무적이다. 반드시 승리해야 한다."

"고맙다, 형제여!"

위드가 만든 것은 돌을 쏘아 낼 수 있는 발석기와 사다리, 작살을 던져 성벽에 걸 수 있는 밧줄이 전부!

발석기는 품질도 검증되지 않았고, 시험 발사조차도 마치지 않은 물건이었다.

위드도 본인이 사용할 엄두가 나지 않는 물건들을 동맹 부족들에게 떠넘겼다.

엠비뉴 교단의 요새 근처까지 오는 동안에 무기와 갑옷은 대충 다 손봐 놓은 상태.

위드는 누렁이를 불렀다.

"이리 와."

"……."

누렁이는 뒷걸음질을 쳤다.

"빨리 와 봐."

"무슨 일로 부르는지 말하라, 주인."

"쓰다듬어 주려고 그러는 거야."

"그런데 밧줄은 왜 들고 있나?"

누렁이의 눈빛에는 불신이 어려 있었다.

"밧줄이 왜? 그냥 들고 있으면 안 되나? 일단 이리로 와. 오기만 해."

"느낌이 안 좋다. 거절하고 싶은데."

"별거 아냐. 알았으니까 오기만 해."

누렁이는 매우 조심스럽게 다가왔다. 위드는 몇 차례 가볍게 목을 쓰다듬어 주더니 전광석화처럼 밧줄을 목과 몸통에 걸었다.

음머어어어어!

비통하게 우는 누렁이!

"주인, 왜 그러는가. 내가 무슨 잘못을 했다고……."

"걱정 마. 잡는 거 아니니까. 짐이 생겼으니 네가 옮겨야 하지 않겠어?"

발석기가 만들어졌을 때부터 정해진 누렁이의 운명이었다.

빙룡과 불사조들은 측은함이 아주 약간 담긴 시선이었다.

'내가 아니라서 다행이다.'
'나만 아니면 되지.'
위드는 사냥감들을 요리해 푸짐한 식사까지 마치고 나서 엠비뉴 교단의 요새로 진격했다.

둥! 둥! 둥!
엠비뉴 교단의 요새에서 비상을 알리는 북소리가 울렸다. 암흑 기사와 사제, 궁수 들도 성벽 위에 배치되면서 신속하게 전투준비를 갖췄다.
위드가 누렁이, 동맹 부족들과 함께 발석기를 밀며 접근했을 때, 요새에서는 엠비뉴 교단의 병력이 성벽에 대거 나와 있는 상태였다.
발석기가 심하게 무거워서 바퀴를 달았음에도 이동이 느렸다.
설상가상으로 요새의 첨탑에서는 검은 연기가 올라온다.
동맹 부족들이 그 연기를 손가락으로 가리켰다.
"고기 구워 먹는 것 같다."
"뭐 맛있는 거 먹으려나 보다."
연기를 본 무식한 반응!
위드의 얼굴이 굳어졌다.

'연기를 피워서 습격을 받았음을 주위에 알린다. 동맹군들을 소집하기 위한 비상 연락망이야.'

전쟁을 알리는 봉화!

봉화를 본 통곡의 강 유역에 있는 야만족들은 위드와 세 부족을 정벌하기 위해 전사들을 소집하게 될 것이다. 엠비뉴 교단의 요새에 이어서 야만족 지원군들까지 상대해야 된다.

위드는 침을 꿀꺽 삼켰다.

예상을 못 했던 부분은 아니지만 정말 만만치가 않았으니까.

"구원족이 오기 전에 공격을 해야겠군."

위드는 발석기를 옮기고 잠시 쉬고 있는 동맹 부족들에게 외쳤다.

"발석기 장전!"

베자귀 부족의 용사들이 100명씩 붙어서 발석기를 잡아끌어 포대를 아래로 내렸다. 그리고 포대에 바윗덩어리를 올린 후에 쏘았다.

투웅!

기세 좋게 쏘아진 바윗덩어리는 포물선을 그리면서 힘차게 날아갔다.

살인적인 무게를 가진 암석 공격.

하지만 발석기의 위치가 너무 멀었다.

바윗덩어리는 위력을 거의 잃어버리고 성벽의 중심이 아

닌 밑부분에 부딪쳤다.

겨우 닿았다는 느낌이 맞을 정도의 불발탄!

-성벽의 내구도가 49 하락했습니다.
 총 내구도 9,999,951/10,000,000.

"이대로는 날 새도록 때려도 안 되겠군. 아니, 쏘아 올릴 바위부터 부족해지겠어. 발석기 부대 전진!"

위드는 베자귀 부족과 함께 발석기를 밀었다. 조금 더 가까운 장소에서 발사하기 위한 행동!

오데인 요새보다도 훨씬 두꺼운 성벽을 무너뜨려야 하니 위험부담을 감수하기로 한 것이다.

누렁이가 앞에서 힘차게 발석기를 이끌었다.

한우의 괴력!

엠비뉴 교단의 요새에서도 반응이 있었다.

"쏴라!"

하늘을 자욱하게 뒤덮는 화살로 반격을 가하는 것이다.

"방패를 들고 막아라!"

위드의 명령이 없더라도 베자귀 부족은 살기 위해 방패를 들어 올렸다.

누렁이의 이마에는 미리 고대의 방패를 부착해 놓았고, 몸통에는 비단을 둘둘 감아 놨다.

못 쓰는 비단 조각을 얼기설기 엮어서 화살을 막는 역할을 하도록 만든 것.

 화살의 비가 베자귀 부족과 발석기 주변으로 쏟아졌다.

 투두두두두둥!

 "크아아악!"

 "내 발, 발에 화살을 맞았다!"

 방패에 고스란히 전해지는 화살의 충격. 방패를 들고 있었는데도 힘에 밀려서 베자귀 부족의 용사들이 무릎을 꿇는다.

 일부는 조악한 방패를 뚫고 들어오기도 했다.

 사르미어 부족의 사냥꾼들도 화살을 쏘았지만 성벽을 넘을 수 없었다.

 "우리도 발석기를 쏴라!"

 위드는 백 걸음 정도를 더 다가가서 발석기를 사용하도록 지시했다.

 "화살이 너무 많이 날아온다."

 "융발이… 융발이 죽었다."

 "엄폐물을 찾아라. 발석기 뒤에 몸을 숨기고, 베자귀 부족의 용사들은 빨리 발석기를 장전해!"

 엄폐물도 없는 평원에서의 일방적인 화살 공격!

 10개의 바윗덩어리를 옮기는 동안에 화살에 의해 죽은 베자귀 부족만 서른이 넘는다.

 그야말로 목숨을 걸고 발석기를 사용한 결과, 바윗덩어리들이 성벽으로 쏘아졌다.

불과 1개의 불량을 제외하고는 성공적인 공격!

```
-성벽의 내구도가 1,226 하락했습니다.
 성벽의 내구도가 751 하락했습니다.
 성벽의 내구도가 956 하락했습니다.
 성벽의 내구도가 2,160 하락했습니다.
 성벽의 내구도가 173 하락했습니다.
 성벽의 내구도가 486 하락했습니다.
 성벽의 내구도가 1,198 하락했습니다.
 성벽의 내구도가 3,110 하락했습니다.
 성벽의 내구도가 896 하락했습니다.
 총 내구도 9,988,995/10,000,000
```

```
-궁병 11명을 사망시키고, 병사 5명을 부상시켰습니다.
 마물 8기에 중상을 입혔습니다.
 암흑 기사 3인이 경상을 입었습니다.
 사제 1명이 죽었습니다.
```

발석기의 엄청난 화력!

성벽의 아랫부분이나, 아예 첨탑을 비껴서 맞춘 경우도 있었지만 상당한 전과였다. 공성전에서 공성 무기는 필수품이라는 사실이 증명되는 순간이었다.

하지만 그러는 동안에도 엠비뉴 교단의 병력이 요새의 성벽에 계속 집결했다.

비처럼 쏟아지는 화살로 인하여 베자귀 부족만 피해를 입고 있었다.

"끄아아악!"

일부 화살은 붉은 기운에 둘러싸여 있었다.

엠비뉴 교단 사제들의 신성력이 부여된 화살! 방패로 막아도 온몸을 태워 버리는 불화살 공격이었다.

베자귀 부족의 용사들도 강성해서 어지간해서는 죽지 않지만, 수십 발의 화살이 몸에 꽂히고 신성력이 담긴 화살까지 적중당하자 힘없이 목숨을 잃었다.

위드와 베자귀 부족이 머무르고 있는 일대에 화살이 빽빽하게 꽂히는 중이었다.

옆에서 구경을 하기에는 긴박감과 박력이 넘치는 광경이지만, 정작 당하는 사람의 입장에서는 미치고 환장할 지경!

누렁이는 발석기를 다 옮긴 후에 어느새 밧줄을 끊고 안전한 후방으로 도망쳤다.

고위 사제들도 성벽에 올랐다.

"저 무도한 무리에게 진실된 힘을 보여 주소서. 홀리 버스터!"

신성 마법에 의한 공격.

성벽에서 번쩍하는 순간 날아와서 큰 타격을 입힌다.

발석기 주변에 있던 베자귀 부족이 무언가에 얻어맞은 것처럼 날아갔다.

"엠비뉴 신을 믿지 않는 이들이여, 너희에게 벌이 내릴 것이다."

광범위 저주 마법!

신성력에 의한 공격이기에 적중된 동맹 부족들은 고열에 신음하며 전투 불능이 되었다.

 위드의 얼굴이 더없이 침중해졌다.

 10골드에 팔아야 할 루비 원석을 실수로 9골드에 팔았을 때처럼 심각한 얼굴!

 '퀘스트 난이도가 있기에 어느 정도의 어려움은 예상했다.'

 야만족 지원군 부대에, 높고 튼튼한 성벽. 그냥 싸우더라도 지지 않을 것 같은 엠비뉴 교단의 병력까지!

 무엇 하나 만만한 것이 없었다.

 '공성전에서 가장 큰 어려움은… 우리가 다가가는 동안에 저들의 화력이 집중된다는 점이라고 할 수 있어.'

 방어구가 부실한 베자귀 부족이나 사르미어 부족에게 저 성벽을 넘으라고 해 봤자 초대형 참사를 불러올 뿐이다.

 이런 전투는 막는 입장에서는 전공을 세우기에 더없이 좋은 반면, 뚫어야 하는 쪽에서는 최악의 결과를 만들어 내기 마련.

 위드는 불행히도 동맹 부족들을 데리고 요새를 점령해야 하는 쪽이었다.

 "이대로는 절대 안 되겠군."

 위드는 동맹 부족들을 향해 외쳤다.

 "퇴각이다!"

 전면 철수 선언.

 발석기 10대도 놔두고 위드는 동맹 부족들과 함께 일제히 도망치려고 했지만, 화살이 계속 퍼부어지고 있었다.

"빙룡아, 브레스를 쏴라. 불사조 부대, 우리를 엄호해!"

빙룡이 숨을 크게 들이마시고 요새를 향해 아이스 브레스를 발사했다.

하늘을 가로지르는 엄청난 브레스!

그 결과에 대해서 단 한 번도 실망한 적이 없는 빙룡의 브레스였지만, 요새에 있는 사제들의 보호 마법에 의해 중화되었다. 그래서 요새에는 아무 피해도 주지 못했지만, 잠깐 동안 화살 공격이 뜸해졌다.

불사조들의 엄호 아래 위드와 동맹 부족들은 간신히 도망칠 수 있었다.

무참한 패퇴.

가벼운 접전에 불과했는데도 동맹 부족 부대의 손실은 무려 104명이나 되었다.

위드가 서둘러 붕대를 감아 주고 약초를 발라 주었음에도 불구하고 사망한 수치!

신성력에 적중당한 동맹 부족원은 정신도 못 차렸다.

"음헤헤헤."

"여기가 어디지?"

"날 내버려 둬라. 성인식을 치르기 위해 용기의 계곡으로 가겠다."

신성력에 의해서 정신이 오락가락하는 이들이 70여 명!

사기도 급추락했다.

"우리가 이길 수 있는 적이 아닌 것 같다."

"괜한 싸움을 벌였어. 부락으로 돌아가고 싶은데……."

"고향을 떠난 용사들은 땅에 몸을 누일 때까지 싸우리라. 비록 승리할 수 없더라도……."

동맹 부족들은 전투 의지를 상당히 잃어버리고 비관적으로 변해 있었다.

위드의 입가에 미소가 번졌다.

"과연 이 정도는 되어야 퀘스트 난이도가 높다고 할 수 있지."

어려운 의뢰일수록 보상도 크고 의욕을 불타오르게 만든다.

험한 고생을 해야 안심이 된다. 쉽게 진전을 보았다면 오히려 끊임없는 의심을 했으리라.

"엠비뉴 요새는 과연 함락시키기 어렵겠군. 탐색전은 끝났으니 조각품을 만들어야겠어."

위드는 본격적인 전투를 준비하기로 했다.

동맹 부족들의 부대는 고향을 떠나왔기 때문에 시간이 지날수록 사기가 떨어진다.

하지만 탐색전을 벌여 본 결과 막막함이 느껴질 정도로 거대한 적.

"일단 도움이 될 만한 조각품부터 제작해야지."

바위는 식상할뿐더러, 조각술 스킬에도 큰 도움이 되지 않는다.

"효과를 위해서는 재료를 아낄 때가 아니야."

블랙 와일드보어와 케르탑의 뼈.

잡템으로 얻은 뼈들을 조각품 재료로 이용하기로 했다.

"사골로 푹 고아 마셔도 좋은 뼈인데……."

음식 재료나 의약품으로도 쓸 수 있지만 조각사에게는 역시 조각 재료가 우선!

뼈의 가격은 기본적으로 높지 않은 편이라 아끼지 않고 사용했다.

"세 부족을 한꺼번에 조각해야지."

뼈들을 이용하여 기초적인 형태를 만들었다.

깨진 뼈들을 엮어서 구조물을 만들고, 진흙을 위에 덧발라 구웠다.

"야만족 특유의 흉악하고 잔인한 면모도 보여 줘야지."

문신이나 흉터 자국은 동맹 부족을 표현하는 데 필수. 염료를 이용한 도색까지 해서 세 부족의 조각품을 만들어 냈다.

세 부족과 함께 지내고 전투도 함께 치르면서, 어떤 얼굴과 외모가 용맹하고, 숭상을 받는지를 알았다.

"그래도 뭔가 부족한데……."

위드는 빛의 조각술을 이용하여 모닥불도 만들었다.

모닥불에서 고기를 구우며 모여 있는 레키에 부족의 주술사, 베자귀 부족의 용사, 사르미어 부족의 사냥꾼!

―만드신 조각품의 이름을 정해 주십시오.

위드는 작품을 만들면서 이미 정해 놓은 이름을 말했다.

"믿음의 형제들."

동맹을 기억하고, 함께 피를 흘리기로 약속한 야만인 부족들!

―믿음의 형제들이 맞습니까?

엠비뉴 교단과의 싸움에서는 다소 미흡한 모습을 보여 주기는 했어도, 동맹을 위하여 기꺼이 나서 준 무리.

조각사에게는 적당히 미화하는 기술이 필수적이라지만, 진심에서 우러나오는 생각이었다.

위드는 크게 고개를 끄덕였다.

"맞다."

띠링!

명작! 믿음의 형제들을 완성하셨습니다!
몬스터의 뼈를 바탕으로 만들어 낸 조각품!
동맹 관계인 부족들이 함께 음식을 나누어 먹는 모습을 조각한 것이다.

그들의 화합을 보여 주는 상징물.
세 부족에게는 크게 기념이 될 만한 작품이 되리라.
매우 세밀한 묘사와 표현이 돋보이는 작품이다.
예술적 가치 : 조각술의 거장 위드가 대충 만든 작품.
712.
특수 옵션 : 믿음의 형제들 조각상을 본 3개의 부족은 생명력과 마나
회복 속도가 하루 동안 17% 증가한다.
하루 동안 3개 부족의 최대 생명력이 12% 증가한다.
인내 60 증가.
투지 30 증가.
부족들의 친밀도 30% 증가.
해당 부족들은 영광과 긍지를 가슴에 새길 것이다.
지금까지 완성한 명작의 숫자 : 12

-조각술 스킬의 숙련도가 향상되었습니다.

-명성이 125 올랐습니다.

-통솔력이 2 상승하셨습니다.

-매력이 7 상승하셨습니다.

-명작 조각품을 만든 대가로 전 스탯이 1씩 추가로 상승합니다.

조각품까지 완성!
진짜 싸움을 위한 일차 준비가 끝난 셈이었다.

무적의 병법서

성벽을 무너뜨리기 위해 위드는 고뇌에 빠졌다.

"성벽이 있는 한 요새를 함락시키기란 요원할 수밖에 없을 거야."

대장장이로서 공성 무기를 제작할 수는 있다. 하지만 아직은 그 숙련도가 심하게 낮았다.

"쓸 만한 공성 무기를 만들기 위해서는 얼마나 만들어 봐야 되는지도 모르겠고……."

명검을 만들 수 있을 정도의 무기 제작 숙련도가 필요하다면 고된 과정만 몇 개월! 재료의 수급도 문제이고, 동맹 부족들이 다시 부족으로 돌아가려고 할지도 모른다.

"하기야 성벽을 무너뜨린다고 해도 엠비뉴 교단의 기사나 사제 들과 싸워서 이길 수 있다는 자신도 딱히 없는 상태이 긴 하지."

위드의 마음이 오히려 편해졌다.

공성 무기 제작으로는 해답이 나올 수가 없는 상태였으니까, 그쪽으로는 완전히 포기한 것이다.

"정상적인 공성전으로는 안 돼. 답이 없을 수밖에 없어."

높고 두꺼운 성벽에, 방어 준비가 잘 갖추어진 요새는 공격할 엄두도 안 난다.

동맹 부족들은 상대보다 숫자도 적고, 집단 전투에 유리하지도 않다. 개개인이 최대로 활약할 수 있는 것은 난전이나 사냥에서일 뿐.

위드가 대장장이에 재봉 스킬을 이용해서 약간 손을 봤다고 하나, 동맹 부족들의 근본부터 빈약한 갑옷으로는 성벽을 오르기도 전에 집중 공격을 당해 대부분이 죽으리라.

"스미스의 제안을 받아들여서 다른 사람을 1명 데려올 걸 그랬나?"

그러나 위드는 고개를 저었다.

이미 뒤늦은 후회였고 돌이킬 수도 없는 상황.

페일이나 제피, 검치가 왔다고 해도 상황이 크게 바뀔 것 같지는 않았다. 직접 겪어 본 바로는 퀘스트를 성공하려면 최소한 레벨이 500대 중반은 되는 전투 직업이어야 엄두라도 내 볼 수 있을 것 같았다.

검기나 파괴력 높은 스킬로 성문을 단번에 파괴하고, 엠비뉴 교단의 사제들을 기습으로 제압할 수 있는 무력!

기사로서 절정의 통솔력을 발휘하여 동맹 부족들을 지휘할 수도 있다. 모여 있어도 오합지졸에 불과한 병력이지만, 통솔력과 카리스마로 동맹 부족들이 가진 한계를 넘어 싸우게 만든다. 동맹 부족들이 큰 피해를 입더라도 잠재력을 최대한 이끌어 내서 활용하고 빈틈을 노려야 한다.

베르사 대륙의 역사에 남을 만한 위대한 승리가 될 수 있으리라.

위드는 스스로의 지휘 능력을 그렇게 높게 평가하지는 않았다.

"난 이길 수 있는 전쟁을 이겼을 뿐이야."

동맹 부족들과 함께 승산이 희박한 싸움을 하고 싶은 마음은 추호도 없다. 병력의 질과 양, 지형, 무장 상태를 모두 극복하기란 말처럼 쉬운 게 아닌 것이다.

조각사의 장점인 생명 부여에도 한계가 있다.

조각 생명체가 100마리쯤 있다면 해볼 맛이 날 것이다. 승산이 보일 것도 같았다. 하지만 그러면 위드의 레벨이 적어도 160개는 감소한다.

"퀘스트를 성공하더라도 남는 게 하나도 없을 거야."

기껏 생명을 부여한 조각품들이 공성전 도중에 무참히 죽어 나가리라.

퀘스트는 성공했는데 정작 절반 이상의 조각품들이 죽어 버리면 손해 막심!

 레벨도 다시 200 이하의 초보부터 시작해야 한다. 퀘스트를 성공해도 남는 게 없다.

 "이런 걸 두고 손해 보는 장사라고 하지."

 위드는 기본으로 돌아가서 다시 계획을 세우기로 했다.

 전투란 시작하기 이전에 많은 변수들을 따지고, 아군에게 유리한 전장을 택하여 이끌어야 된다.

 위드는 일단 휴식을 취하기 위해서 오랜만에 로그아웃을 했다.

 "여기가 도서관인가?"

 이현은 한국 대학교에 입학하고 나서 처음으로 도서관을 찾았다. 대학교 도서관에는 만화책이 없었던 것이다.

 "어릴 때부터의 꿈이었는데."

 만화책을 보고, 배가 고프면 라면을 끓여 먹는다.

 중학교, 고등학교 시절에 바라 마지않던 행복한 상상들.

 신문을 돌리면서도 매일 연재되는 만화는 꼬박꼬박 보는 독자이기도 했다.

 "도서관에 만화책이 없다니 이놈의 학교는 정말 썩었군!"

이현은 거침없이 학교의 도서관 정책에 대해서 비판했다.

다른 도서관 중에는 만화책을 소장하고 있는 곳도 많다. 하지만 한국 대학교에서는 아직 만화책을 들여놓지 않고 있다.

학교에서 마련해 놓은 공부하는 학생들에게 지급되는 후한 장학금, 유학 혜택, 넓은 첨단 강의실과 연구 설비 등은 고려의 대상이 아니었다.

"만화책도 없는 후진 학교 같으니. 썩었군, 썩었어. 그 많은 등록금은 다 어디다 쓰는 거야?"

소설책이나 경제 서적, 논문, 역사서, 예술에 대한 책을 비롯하여 장서 수는 굉장히 많았다. 건물 한 동이 통째로 도서관이었으니까.

"안녕하세요, 오빠."

"형 왔어요?"

가상현실학과의 동기들이 이현을 알아보고 작은 목소리로 인사를 했다. 도서관의 스터디룸에 삼삼오오 모여서 공부를 하는 모양이었다.

"아, 그래."

이현은 가볍게 고개만 끄덕였다.

대학교를 다니면서 가장 중요하게 조심해야 할 부분이다.

'절대 나보다 어린 이와 친해지지 말 것.'

선배가 되면 후배들을 강도 보듯이 해야 한다.

왜냐하면 그들은 철면피처럼 밥을 사 달라고 쫓아다니니까!

무적의 병법서

이현의 경우에는 동기들보다 나이가 많아서 다른 학생들이 몇 번 밥을 사 달라고 한 적이 있었다.
"건강을 생각해야지. 난 집에서 도시락을 싸서 다니거든."
어렵게 넘긴 위기들.
이제 학생들의 시선도 바뀌었다.
'건강을 생각하는 가정적인 오빠.'
'절대 우리 밥은 안 사 줘.'
그럼에도 이현은 항상 조심했다. 언제 밥을 사 달라고 조를지 모른다. 매점에서 간식이나 혹은 찻집에서 마실 거리들을 사 달라고 할 수도 있으니.
'이놈의 학교는 무슨 식당가야? 왜 이렇게 먹을 게 많아?'
건물마다 보이는 자판기마저도 피해 다닐 지경.
"공부하러 오셨어요?"
"아니. 책 읽으러 왔어."
이현은 가볍게 걸어가면서 답했다.
"형, 문학 소설은 2층이에요."
"소설 보러 온 거 아니야. 그냥 이것저것 찾아볼 게 있어서 왔지."
"뭘 찾으러 오셨는데요."
"병법이나 전략, 전술. 알고 있어?"
"7층이긴 한데……."
"응. 알려 줘서 고맙다."

이현은 엘리베이터에서 7층 버튼을 눌렀다.

7층은 동양 사상과 관련된 오래된 책이나 역사서 등의 서적들이 있어서 학생들이 잘 가지 않는 장소다.

이현이 엘리베이터로 들어가고 나서, 학생들이 수군거렸다.

"동양 사상에 관심이 많았나 봐."

"평소에 말수가 없던 형이었는데… 수준이 정말 높네."

"어딘가 깊이가 있고 장점들이 많으니까 그렇게 예쁜 언니들과 데이트도 했겠지."

이현은 학교 축제에서 서윤과 정효린과 데이트를 해서 단연 화제의 인물로 떠올랐다.

남자들에게는 질투가 아닌 무한한 존경심의 대상이, 여자들에게는 수많은 매력을 감추고 있는 신비한 사나이가 되었다.

"근데 중국어도 상당히 잘하나 봐."

"응?"

"전에 심심해서 7층에 가 본 적이 있는데, 서가에 있는 책들 상당수가 원서였거든."

"이런 젠장!"

이현은 욕설을 퍼부었다.

"아니, 무슨 한국에 외국 책을 가져다 놔? 다 번역해서 출판할 일이지!"

도무지 납득이 가지 않는 일.

서가의 절반 정도는 외국 책을 그대로 들여왔고, 나머지는 한글이었지만 한자가 매우 많았다. 한글로 풀어 쓰여 있지도 않아서 읽기가 난해하기 짝이 없었다.

"병법서를 찾아야 되는데……."

하필 이현이 찾는 책은 더욱 희귀한 편이고, 번역도 잘되어 있지 않았다.

책장을 넘기며 이해하기가 어려운 것은 물론이고, 제목을 보고도 찾지 못하고 있었다.

"대부분의 책방에서는 제목 순서대로 놔두는데, 도서관은 왜 이렇게 찾기가 힘들어?"

이현이 원하는 병법서는 차라리 문학에서 찾으면 편했다.

《손자병법》이나 《이순신의 병법》, 《오자병법》 등의 서적은 문학으로 출간이 되었으니까.

한글 설명으로 알아보기도 쉽고 삽화까지 들어 있다.

그런데 원서들이 즐비한 동양 사상 코너에서 원하는 책을 찾으려니 죽을 맛이었다.

"엠비뉴 교단과 싸워서 이길 만한 전략이나 전술을 찾아야 된다."

이현이 아까운 시간을 축내면서 도서관에 온 이유는 분명했다.

아군의 전력을 더 향상시키기란 어렵다. 현재 가지고 있는 전력을 최대한 활용해야 한다. 전술과 전략이 빛을 발하며, 불세출의 명장들이 시도할 수 있을 정도의 수준 높은 계획들이 필요하다.

"그런 전략을 찾아내야 되는데……."

병법서는 아무리 봐도 읽는 것조차 불가능.

간신히 한글로 찾아낸 병법서에는 이런 글귀가 있었다.

나를 알고 적을 알면 백전백승이다.

이현의 캐릭터인 위드와 동맹 부족들 그리고 엠비뉴 교단의 전력을 비교하면 절망 그 자체.

"백전백승은 무슨… 퀘스트 실패를 하게 생겼는데."

이현은 툴툴대면서 다른 책들을 찾았다.

그러던 차에 서가에 꽂혀 있는 소설책이 보였다.

≪삼국지≫!

누가 읽다가 대충 아무 곳에나 놔두고 간 모양이었다.

"≪삼국지≫라… 이름만 들어 보고 읽어 본 적은 없는 책이군."

이현은 ≪삼국지≫를 훑어 보았다.

유비, 관우, 장비가 도원결의를 맺으면서 벌어지는 이야기.

장대한 ≪삼국지≫를 세세하게 펼쳐 놓은 게 아니라 한 권짜리로 짧게 스토리만 전개해 두었다.

유비가 제갈공명을 세 번이나 찾아가서 영입한 것이 이야기의 백미. 완벽하게 불리하던 처지에서 대반전이 일어난다.

이현은 ≪삼국지≫에서 엠비뉴 교단을 상대할 전략을 발견해 냈다.

◊

엠비뉴 교단의 대군!

위드가 동맹 부족을 끌고 한차례 공격을 하고 난 이후부터는 경계 태세가 부쩍 강화되었다. 성벽에 배치된 인원도 상당히 늘어났고, 활을 들고 다니는 궁병들도 많아졌다.

엠비뉴 교단의 요새에서도 끊임없이 병력 증강과 군사 무기 확충이 이루어지고 있다는 증거였다.

"빙룡아."

위드는 일단 요새가 정면으로 보이지 않는 바위산 뒤에 숨은 채로 말했다.

"말하라, 주인."

"저기 얼마나 모였는지 정찰해 보고 와."

"알겠다, 주인."

빙룡은 날갯짓을 하며 하늘로 솟구쳤다. 엠비뉴 교단의 요새 근처에도 가지 않고 멀리서 그들을 살피고 보고했다.

"성벽 위에 있는 인간들만 5,000이 조금 넘는다."

"제법 많군. 갑옷을 입고 있는 놈들은?"

"1,000 정도 된다."

암흑 기사만 1,000명!

나머지는 일반병이거나 사제, 마법사라고 봐야 했다.

성벽 위에 없는 이들까지 감안한다면 전체적인 규모는 최소 2배 이상!

위드는 공성전을 대비해서 미리부터 추격대를 유도해서 섬멸했다.

이른바 각개격파의 전략!

약한 적들부터 유인해서 섬멸한 것이다.

그럼에도 불구하고 엠비뉴 교단의 요새에는 엄청난 숫자의 군대가 남아 있었다.

더구나 엠비뉴 교단의 위세는 대단하여, 이 부근 부족들을 장악하고 있다고 봐도 과언이 아니다. 전투가 벌어지면 다른 부족들에서 지원군이 계속 도착할 것이다.

"최소한 적들의 총합이 2만은 넘는다는 건데……. 이대로라면 절대 불가능하겠어."

"주인, 설마 저 요새를 다시 공격할 것인가?"

"맞아."

빙룡은 아무래도 중간에 끼었기 때문에 위드가 어떤 퀘스트를 진행하는지 모르고 있었다.

은퇴한 늙은 용병 스미스는 아예 사르미어 부족의 부락에 남아서 오지도 않았다. 엠비뉴 교단과 싸우는 것은 자살행위라면서 참여를 거부한 것이다.

"주인의 계획을 듣고 싶다. 저 요새는 정말로 위험해 보인다."

　성장한 빙룡!

　지성이 높아져서 위드의 계획을 사전에 알아보려는 갸륵한 생각까지 했다.

　위드는 기꺼이 대답해 주었다.

　"인도자의 권능이란 게 있어. 베르사 대륙의 굉장한 보스급 몬스터도 불러올 수 있는 거지. 본 드래곤 알지? 그 녀석보다 강한 녀석으로 데려올 거야."

　"지금의 적도 감당할 수 없는데 몬스터를 더 불러온다고?"

　"응. 여기로 불러올 거야. 그리고 같이 싸우는 거야."

　"근데 그렇게 데려온 몬스터가 우리를 공격하면?"

　"안 공격당하도록 잘해야지."

　빙룡은 답변에 만족한 듯이 고개를 끄덕였다.

　"주인은 천재다."

　"내가 머리가 좀 좋은 편이긴 하지."

　위드는 약속의 지팡이를 꺼냈다. 인도자의 권능을 사용하기 위해서였다.

　보통의 마법과는 달리, 신성 축복은 주문을 외워야 한다.

　"거룩한 마탈로스트가 세상에 내려 준 축복의 힘을 당신

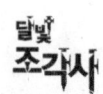

의 종이 사용하려고 합니다. 부디 허락해 주소서."

따링!

-인도자의 권능을 사용하셨습니다.

그 순간, 위드의 눈에 베르사 대륙 전체가 비추어졌다.

몬스터들!

각 지역을 살펴서 몬스터를 찍으면 어떤 종류든 소환이 가능하다. 물론 감당하지도 못할 몬스터를 데려온다면 인도자의 권능이라고 하더라도 오히려 역효과가 날 수도 있다.

"우히힛."

"크헤헤헤헬. 인간들이 무섭다."

야밤에 뛰어다니는 고블린들이 지나다니고 있었다.

'어쨌든 강한 몬스터를 데려와야 돼. 아니면 도움이 될 만한 NPC나.'

위드는 협곡과 산, 강을 쭉 훑었다.

베르사 대륙에는 보스급 몬스터들과 정벌되지 않은 몬스터들이 여전히 많다. 중앙 대륙에서는 토벌대가 자주 구성되고 있었지만 동부, 서부, 남부, 북부에는 어중간한 토벌대들 따위는 가볍게 짓밟아 주는 보스급 몬스터들도 부지기수였다.

발견되지 않은 던전에 숨어 있는 몬스터들.

그런 보스급 몬스터들은 레벨이나 특성조차 공개되어 있

지 않은 경우가 많다.

'퀘스트 성공을 위해서는… 정말 강한 몬스터밖에 해답이 없지.'

입이 떡 벌어질 정도로 터무니없는 몬스터들!

명문 길드에서도 500명 이상이 모여야 싸움이라도 걸어 볼 수 있는 그런 몬스터를 불러올 작정이었다.

기준은 최하 뱀파이어 로드 토리도나 본 드래곤급!

위드는 신중하게 6시간에 걸쳐서 적합한 몬스터들을 찾았다.

베르사 대륙의 역사서에 수록되어 있는 끔찍한 혈겁을 일으켰던 군주!

위드가 해결했던 퀘스트와도 관련이 깊은 인물이었다.

'전투의 시작으로 이 정도는 데려와 줘야지.'

그다음으로는 명문 길드가 전력을 기울여서 공격을 가했지만 오히려 전멸하고 나서 화제가 되었던 몬스터!

마지막 1마리는 입에 올리는 것조차 금기시되어 있었다.

힘과 권위의 상징!

웬만한 왕국 따위는 하룻밤에도 휩쓸어 버리는 파괴적인 존재.

"역시 섭외라면 이 정도는 되어야지."

인도자의 권능을 사용한 위드는 크게 만족감을 표시했다.

화려한 캐스팅!

난이도 S급 의뢰를 하면서는 어차피 이판사판이었다.

정상적인 방법으로, 어중간하게 해결해서 될 의뢰가 아니었으니까.

"죽어도 기껏 두 번이야. 시원하게 가 보자!"

위드는 마음의 평온을 느꼈다. 일단 지르기 전의 갈등이 심할 뿐, 지르고 난 뒤에는 후회가 없는 법이다.

"그럼 약간의 여유 시간을 이용해서 조각품이나 하나 만들어 볼까?"

몬스터들이 소환되기 전에 바위산을 이용해 조각을 해 볼 작정이었다. 빠듯한 시간 탓에 대작까지는 바라지도 않지만 쓸 만한 조각품이 더 있다면 나름대로 도움이 될 테니까.

위드는 조각칼을 꺼내 들고 바위산으로 향했다.

방송국에서는 실시간으로 이현의 영상을 받아서 보고 있었다.

캡슐 내의 진행 속도에 시차가 있기 때문에 자연히 약간씩 지연되는 부분이 생긴다.

그만큼 작업해야 하는 분량도 많아 철야는 기본!

하지만 불필요한 부분들, 예컨대 요리할 때나 이동할 때를 빠르게 넘기는 방식으로 이현의 모험을 거의 실시간으로 보고 있었다.

 강 부장이 뒷목을 잡았다.

 "커허헉!"

 현기증이 날 만큼 어처구니가 없다. 이현이 인도자의 권능을 사용하여 소환한 몬스터들을 보았기 때문이다.

 패닉!

 강 부장만이 아니라, 방송을 준비하던 50여 명의 스태프들이 전부 넋이 나갔다.

 "미친 거 아니에요?"

 "완전히 돌았잖아!"

 "으아아아악! 무슨 이런 몬스터들을……! 심지어 처음 나오는 놈조차도 어처구니가 없어요!"

 강 부장이나 방송국 직원들의 생각은, 적당히 세고 다루기 좋은 NPC나 몬스터의 소환이었다.

 인연이 있는 로자임 왕국의 왕실 기사라면 괜찮다. 드레이크를 타는 기사라면 전장에서 상당히 도움이 될 테니까.

 왕실 마법사의 소환도 나쁘지 않다. 로자임 왕국에 있는 공헌도와 맞바꾸어서 협조를 구하면 된다.

 아니면 중앙 대륙의 강국에도 공헌도가 있으니 그쪽에서 소환해도 된다.

 칼라모르 왕국의 기사 콜드림!

 뱀파이어 왕국 토둠의 퀘스트를 알고 있는 방송국 사람들

이 보기에는, 안면도 약간 있고 최근 무적의 연전연승을 거두고 있는 콜드림을 소환하는 건 상당히 좋은 묘수였다.

루 교단의 성기사나 사제도 효과적인 선택!

엠비뉴 교단과는 상극이라서, 소환만 한다면 그들은 두말 없이 힘을 보태 주리라.

사제들의 신성력을 바탕으로 동맹 부족과의 전체적인 전력을 올려서 전면전을 벌이는 게 일반적인 사람의 선택이 되리라.

물론 그럼에도 불구하고 동맹 부족들이 훨씬 불리할 것이다. 드레이크를 탄 기사나 사제 등 몇 명으로는 전황을 완전히 바꾸기 어렵기 때문이다.

제대로 된 공성 병기조차도 없이 엠비뉴 교단의 요새를 공격해야 하는 입장에서야 극악한 피해를 감당해야 될 것이다.

승산은 절대 높을 수가 없는 처지였지만, 그래도 미약한 기대라도 품을 수 있다.

그러나 이 모든 것도 어디까지나 평범한 몬스터나 NPC를 정상적으로 소환했을 경우다. 위드는 정말 떠올리기조차 끔찍스러운 몬스터들만 줄줄이 소환해 버렸다.

"아니, 1마리만 데려와도 난리가 날 만한 그런 몬스터를……."

"저놈 중에 1마리만 나와도 시청률 15%는 문제없을걸요?"

"1마리? 시청률을 떠나서, 베르사 대륙에 난리가 날 만한 그런 놈들이잖아."

스태프들은 얼이 빠져서 떠들었다.

하지만 방송국 내부에는 서서히 희미한 열기가 피어나는 중이었다.

베르사 대륙의 퀘스트를 해 본 적이 있는 사람이라면, 난이도 C급의 의뢰가 얼마나 어려운지 안다. 레벨이 높고, 동료들이 도와준다면 난이도 B급의 의뢰도 할 수 있다. 정말 뛰어난 유저나 길드라면 A급에도 도전해 볼 수 있다.

그래도 난이도 A급의 퀘스트를 혼자서 진행할 수 있는 사람은 위드밖에 없다.

이런 호의적인 시선에도 불구하고 이번 퀘스트는 절대적으로 무리라고 여기고 맥이 빠져 있었다.

하지만 지금 방송국의 분위기는 바뀌어 가는 중이었다.

어떤 변화의 조짐이 무르익어 가고 있다는 사실을 누구나 느낄 수 있었다.

강 부장이 수화기를 들었다.

국장에게 보고를 하기 위해서였는데, 전화가 연결되니 국장이 먼저 말했다.

-강 부장? 나도 그 영상 보고 있었어요.

"그러셨습니까, 국장님."

-대단하더군요. 역시… 위드예요. 그 듬직한 배포만큼은 부러워. 젊기 때문일까? 특별한 무언가가 그에게는 있어요.

"네. 저도 그렇게 생각합니다."

강 부장은 전화기를 들고 고개까지 숙여 가며 통화를 했다.

"네네, 그렇게 하겠습니다. 네, 물론이죠. 국장님 말씀대로 하겠습니다."

달깍!

강 부장은 수화기를 내려놓고 긴 한숨을 쉬었다.

"휴우."

월급쟁이에게는 언제나 긴장되는 순간.

하지만 활기차게 의자에서 일어났다.

"편성국의 윤 감독 데려와."

"예, 부장님."

힘찬 강 부장의 말에 방송국 직원들의 시선이 쏠렸다. 그리고 옆 사무실에 있던 윤 감독이 문을 열고 나타났다.

"강 부장님, 무슨 일인데요?"

"지금 이 순간부터 정규 편성 다 취소해!"

"네? 그러면 시청자들의 원성이 엄청날 텐데요."

"지금 방송하는 프로그램이 뭔데?"

"츄리와 몬스터들이에요. 베르사 대륙의 아기자기한 몬스터들을 소개해 주는 방송인데, 어린이와 여성 들에게 인기가 많죠."

"평균 시청률은?"

"3.3%요."

로열 로드의 인기는 끝을 모르고 높아지고 있다. 게임 방송을 전혀 보지 않던 시청자들이 몰리면서 전반적인 시청률도 상당히 높아진 상태다.

3.3%라면 KMC미디어에서도 나쁘지 않은 시청률이었다.

"중단해! 국장님으로부터 전권을 위임받았다. 편성국에도 곧 전자 공문이 도착할 거야!"

강 부장이 다급하게 설명했다.

퀘스트의 종료 전에 방송을 본격 개시해야 한다는 사명감!

이현이 소환한 몬스터들을 보니 대박이었다. 시청률은 확실하게 따 놓은 당상이라고 할 수 있다.

엠비뉴 교단과의 싸움 역시 흥미진진하리라.

전투가 끝나고 결과가 유출되기라도 하면 김이 빠진다.

방송국에서 철저히 보안을 유지하더라도 이 정도 규모의 퀘스트라면 어떤 결과가 나올지 모른다.

결과에 따라 베르사 대륙에 영향을 주게 될 텐데, 주민들의 입에서 나온 말이나 상황의 변동에 따라서 퀘스트의 결말을 짐작하게 될 수도 있다.

방송국의 입장에서는 진수성찬이 차려지고, 반찬에 갈비찜에 간장 게장까지 있는 셈이다. 뭘 먹어야 할지 고민하는 와중에 굶어 죽을 상황!

밥상 차려 놨더니 밥숟가락으로 떠먹여 달라고 우기다가 망할 판이었다.

그런 사태가 벌어지기 전에 방송을 즉각 개시하라는 국장의 명령이 있었던 것이다.

"연출부 신 감독! 위드의 연계 퀘스트, 첫 번째 시작점이 어디였지?"

"드워프 왕국 쿠르소에서 데스핸드와의 대결에서부터였어요."

"그 퀘스트부터 신속하게 방송해. 편집 방향은, 전신 위드라는 사실이 드러나지 않을 정도로만 감추고……. 그런데 감출 수 있을까?"

"전투가 본격적으로 시작되기 전까지는 가능할 겁니다. 전투가 흘러가는 방향에 따라서는 어려울 수도 있고요."

"아무튼 방송이다. 지금 편성국으로 테이프 넘겨주고, 준비되는 대로 바로 방송 개시해."

KMC미디어 홈페이지의 메인 화면이 바뀌었다.

전쟁을 알리는 듯한 표시!

언데드들이 몰려오고, 철근으로 이를 쑤실 것 같은 인상의 오크 카리취가 고함을 지르고 있다.

인기 절정인 불사의 군단 동영상의 일부가 메인 화면에 떴다.

방송 시간표에도 변화가 있었다.

12:30 츄리와 몬스터들
14:00 사베인의 보물 탐색대
15:00 이스턴 대모험
15:50 여행자들의 이정표
17:00 베르사 대륙 이야기
19:00 도전! 몬스터 사냥, 당신도 할 수 있다.
20:20 돈과 인생의 길, 상인 대해부!
21:30 꿈의 무대가 바꾸어 놓은 사람들
22:00 캡틴 우르간의 바닷길
23:30 대륙의 고향

정규 방송들이 차지하던 시간표가 사라지고, 새로운 시간표가 등록되었다.

12:45~24:00 위드

단순명료하기 짝이 없는 시간표.
프로그램 위드의 더없이 화려한 부활이었다.
텔레비전에서는 츄리와 몬스터의 종료를 예고하는 자막이 올라왔다.

시청자 분들께 안내 말씀드립니다.

잠시 후, 위드의 모험을 방송하게 됩니다.

긴급 편성으로, 미처 알려 드리지 못했던 점을 사과드립니다.

대조각사 위드, 그의 연계 퀘스트와 엠비뉴 교단과의 전쟁까지 연속 방송됩니다.

베르사 대륙에서 현재 진행되고 있는 이 퀘스트의 난이도는 S급이며, 연계 퀘스트들이 더 남아 있습니다.

방송 종료 시간은 미정이며, 현재 연출부의 전 직원이 최선을 다하고 있지만 긴급 편성으로 인하여 미흡한 점들이 있을 수 있습니다.

시청자 분들의 많은 양해 부탁드립니다.

다소 긴 공지였지만 시청자들을 열광시키기에는 충분했다.

- 조각사 위드? 피라미드와 빛의 탑을 만들었다는 그 사람의 모험이잖아?

- 얼마 전에 베르사 대륙을 떠들썩하게 만들었던 엠비뉴 교단과의 싸움이 KMC미디어에서 방송된다고 합니다. 무려 난이도 S급의 연계 퀘스트라는군요.

- 저도 친구들에게 알리겠습니다.

로열 로드의 각종 팬사이트와 게시판 들을 통해서 소식들이 전해졌다. 사람들이 텔레비전을 켜고, 채널을 KMC미디어로 고정시켰다.

3.3%, 3.8%, 4.2%, 5.1%, 7%, 7.6%.

순간 시청률의 폭발적인 급증!

시청자 게시판도 조회 수와 글 작성 수가 평소의 10배 이상으로 늘었다.

-왜 방송 안 하나요?

-잠시 후라더니 언제 방송해요?

원활한 방송 준비와, 츄리와 몬스터들의 애청자를 위하여 내용이 바로 전환되지는 않고 있었다.

-츄리와 몬스터들 1회부터 지금까지 빠지지 않고 봤던 애청자입니다. 지금 바로 위드의 모험을 틀어 주세요.

애청자들조차도 빨리 끝내고 방송하라고 아우성!

방송 화면의 일부에 10분이라는 카운트가 생겼다. 매초마다 줄어드는 카운트!

경쟁 방송사들은 줄어드는 시청률에 피가 마르는 기분이리라.

시청자들의 어마어마한 관심을 받으며, 프로그램 위드의 방송이 개시되었다.

제갈공명의 계략

위드는 다시 동맹 부족들과 함께 엠비뉴 교단의 요새로 진격했다. 신속한 기동력을 확보하기 위하여 발석기도 만들지 않았다.

"우으으."

"저 요새 너무 세다. 우리가 이길 수 없을 것이다."

동맹 부족들 사이에 넓게 퍼진 비관주의!

동맹 부족원의 숫자가 140명 정도나 줄어 있다.

웬만한 일로는 희망을 잃지 않는 단순한 동맹 부족들이지만, 첫 번째 전투에서 거의 아무 피해도 못 주고 일방적으로 당하기만 하고 패퇴했으니 어쩔 수 없는 결과였다.

위드는 그런 동맹 부족들을 격려하여 의욕을 북돋아 주거나 하지 않았다.

"어차피 이들을 이끌고 요새를 점령하기란 현실적으로 어려우니까."

빙룡과 불사조들, 누렁이는 일부러 데려오지도 않았다.

충분한 휴식을 취하도록 해서 전력을 극대화하기 위함이었다.

사르미어 부족이 들고 있는 창끝이 아래로 향했다. 사기의 저하로 인해 어깨가 축 처져 있었다.

그럼에도 위드와 동맹 부족들이 요새로 다가가자 반응이 있었다. 성벽으로 병력이 더욱 많이 충원되고, 첨탑에서 습격을 알리는 연기가 피어오르는 것.

위드가 눈을 빛냈다.

'엠비뉴 교단 휘하의 야만족들을 부르는 것이다.'

탐색전 이후 한차례 빙룡과 불사조들을 데리고 가볍게 조사를 해 봤다.

"이 일대에서 엠비뉴 교단의 지배를 받는 야만족들은 많이 약해."

통곡의 강 일대에 있는 다른 부족들은 마탈로스트 교단과 동맹을 맺은 레키에, 사르미어, 베자귀 부족보다 훨씬 약하다.

"10명을 죽이고 5명이 죽으면, 대략 27명 정도의 병력 이득이 발생할 거야."

말도 안 되는 터무니없는 계산법!

봉화에서 연기가 솟아오르고 시간이 지나자 일대의 야만 부족들이 몰려들었다.

죽창과 도끼, 조악한 화살로 무장한 야만족들이었다.

위드는 요새가 아닌, 새로이 등장한 야만 부족을 가리키며 지시했다.

"엠비뉴 교단의 하수인. 놈들을 죽여라."

위드는 동맹 부족들이 수행할 수 있는 간단한 명령을 내렸다.

"베자귀 부족 돌격!"

애초에 동맹 부족들이나 다른 야만족들이나, 진형이나 전술적인 움직임은 훈련을 받지 않아서 못 보여 준다.

"우와아아!"

"다 죽이자!"

근육질의 베자귀 부족 용사들이 달렸다.

일당백의 용사들!

"사르미어 부족이여, 너희의 시간이다."

위드는 사르미어 부족에게 활동 명령을 내렸다.

사르미어 부족은 특성대로 각자 흩어져서 적을 찾아 사냥했다.

독화살을 쏘고, 기형의 뾰족하고 길쭉한 창으로 암습하는 최고의 사냥꾼들!

레키에 부족은 야만족들의 정신을 현혹시키는 역할을 맡

았다.

집단 현혹이나 저주들이 야만족들에게 퍼부어졌다.

"어지러워. 땅이 흔들린다."

주변이 멀쩡한데도 전장의 한복판에서 비틀거리는 야만족들.

"도끼. 도끼가 무거워졌다."

돌도끼가 2~3배는 무거워진 것처럼 들어 올리지 못하기도 했다.

레키에 부족의 이러한 도움은 베자귀 부족이나 사르미어 부족의 활약을 최대로 이끌어 주었다.

야만족들을 상대로는 꽤 뛰어난 전공을 보여 주는 동맹 부족!

"모두 죽여라."

"한 놈도 남기지 말자."

6,000여 동맹 부족이 1만에 달하는 인근 야만족들을 일방적으로 몰아붙였다.

시체들이 쌓이고, 동맹 부족들은 전투 경험을 쌓으며 점점 강해진다.

사실 동맹 부족들의 성장을 약간은 의도하기는 했지만, 큰 부분을 차지하진 않았다.

"이제 와서 성장시키기에는 너무 늦었지."

동맹 부족의 숫자도 6,000이 넘다 보니 지금 와서 뭘 어떻

게 하기란 무리!

아군의 전력을 극대화시킬 수 없다면 더 위험한 돌파구를 찾아낸다.

"정상적인 공성전은 피한다. 일부러 불리한 싸움을 할 필요는 없으니까. 적들이 더욱 늘어나더라도… 아예 최악의 전투를 하더라도 우리에게 유리한 환경에서 싸운다."

위드는 전장의 규칙을 바꾸어 놓고, 혼돈으로 뒤집어 놓을 작정이었다.

문신, 흉터, 곰 가죽, 표범 가죽을 입고 있는 근육질 야만족들이 생존을 위해서 싸운다.

따라랑.

위드는 하프를 꺼내서 가볍게 튕겼다.

맑은 하프 소리가 전장에 흘렀다.

앗. 무언가가 저 어둠 속에서 반짝이고 있다네.

오. 오. 오. 오!

이것은 바로 구릿빛 잡템.

녹이 슬어 있다면 반짝반짝 닦아 내자.

상점에는 몰래 팔면 된다네.

눈에 불을 켜고 찾아보자.

1개도 빠뜨려서는 안 된다네.

잡템을 모아서 돈을 벌자.

보리 빵을 백 년치 살 수 있을 만큼 쌓아 놔야지.

앗. 앗. 앗.
아이템!
유니크급 아이템.
신 난다. 춤추자. 오늘은 정말 대박이야.

위드의 즉흥 하프 연주가 절정에 달해 갈 때였다.
동맹 부족과 야만족들의 전투도 정점을 지나고 있었다.
레키에, 베자귀, 사르미어의 동맹 부족이 야만족들을 완전히 압도했다. 빙룡이나 불사조가 없었지만, 믿음의 형제들 조각품으로 인해 상승한 전력도 적지 않은 도움이 되었으리라.
그르르릉!
동맹 부족들이 야만족들을 신 나게 사냥하고 있을 때, 엠비뉴 교단의 요새에서 변화가 일어났다.
성문이 굉음을 내면서 차츰 열리고 있었다.
성문 사이의 틈으로는 암흑 기사들과 기병들이 전투준비를 갖추는 모습이 보였다.
그들의 갑옷과 검은 신성력으로 인한 축복과 가호로 번쩍번쩍 빛났다.

아무도 찾지 않는 장소에서 사냥을 해야지.

쓸쓸한 사냥꾼의 길.

잡템의 풍년을 위해서라면 고독해져야 하네.

이해해 주는 이를 바라지 않아.

바라는 건 그저 돈일 뿐.

 하프를 연주하는 위드의 손이 더욱 현란하고 빠르게 움직였다.

 암흑 기사들과 기병들이 출격하기 직전이기 때문만은 아니었다.

 꼬르르륵!

 수천만 원을 호가하는 명품 시계보다 정확한 배꼽시계가 알려 주는 시간.

 "드디어 놈이 올 때가 되었군."

 위드는 하프를 연주하면서 전장을 주시했다.

 역사 전쟁 소설이나 영화에서 멋들어지게 군대를 지휘하는 군사들처럼! 부채나 악기를 다루며 낭만적으로 지휘하던 모습을 그대로 따라 하는 것이었다.

 영화와 소설이 사람을 어떻게 피폐하게 만드는지 보여 주는 적나라한 현실.

 띵가띵가!

 성문이 완전히 열릴 때쯤 위드의 입에서 전력을 다한 사자후가 시전되었다.

지금까지 부르던 저질 음정에 저질 가사의 노래와는 다르게 포효하는 듯한 음성!

"동맹 부족, 전력을 다해 도망쳐라!"

동맹 부족들은 야만족들의 시체들을 벌판에 남겨 둔 채로 신호에 따라서 썰물처럼 물러났다.

성문이 열리면서 암흑 기사들과 기병들이 튀어나오려는 찰나!

전장에 엄청난 마나가 몰려들었다.

소용돌이와 돌풍이 치며, 흑마법에 사용되는 음차원의 마나가 밀려든다.

끼야아아아악!

유령들이 내지르는 괴기한 비명.

일대가 어두워지고 먹구름으로 뒤덮였다.

쿠르릉— 콰과과과과광!

뇌성벽력이 작렬했다.

엠비뉴 교단의 요새 앞, 동맹 부족과 야만족들이 싸우던 땅의 지면이 갈라지고 있었다.

위드가 두 팔을 넓게 펼쳤다.

"드디어 오는가!"

인도자의 권능으로 소환한 첫 번째 몬스터를 진심으로 환영했다.

"어서 오너라!"

대지의 균열에서 천천히 일어나는, 로브를 입고 있는 해골.

불사의 군단의 수장.

금단의 영역에 발을 들이밀었던 최악의 네크로맨서, 바르칸 데모프의 현신이었다.

바르칸은 용서나 자비를 모른다.

엠비뉴 교단이 지배와 포교를 위해서 수단과 방법을 가리지 않는다면, 바르칸은 전혀 다른 존재다.

어둠의 힘에 종속되어 살아 있는 어떤 존재도 용납하지 않는다.

생명체에 대한 맹렬한 증오!

그가 등장한 것만으로도 싸늘한 한기가 흐른다.

최고위 몬스터의 하나답게, 등장만으로도 전장의 분위기가 낮게 가라앉았다.

큰 폭풍이 밀려오기 전처럼 압도되는 분위기.

위드는 바르칸의 모습을 자세히 살폈다.

썩은 뼈다귀를 가지고 있는 오래된 리치.

겉모습으로는 제자였던 리치 샤이어와 크게 다르지 않았다.

키가 조금 더 크고 턱뼈가 두꺼운 것 같지만, 샤이어를 직접 상대해 본 위드 정도만이 구분할 수 있는 미세한 차이에 불과하다.

"이거야말로 진짜 부자 리치라고 할 수 있지."

리치 바르칸이 보여 주는 고품격 복장.

몸에는 으스스한 흑색의 오라를 두르고 있었다.

굉장히 좋은 재질의, 하지만 백 년도 넘게 사용한 것 같은 허름한 로브는 약간의 수선만 거친다면 금세 멀쩡해지리라.

"원래 명품들이란 다 그런 거니까."

머리에는 어딘가의 보석으로 된 왕관을 착용하고 있다. 왕관에 박힌 오리 알만 한 보석들이 번쩍번쩍 빛을 낸다.

들고 있는 스태프에는 독수리의 머리뼈가 붙어 있다. 왕관과 뼈의 조합이 바르칸에게는 완벽하게 어울렸다.

한눈에 봐도 유니크급 아이템들.

리치 샤이어도 엄청난 아이템을 착용하고 있었는데, 스승은 한 술 더 떴다.

"역시 마법사 출신들이 돈이 많아. 그런데……."

위드의 눈길을 특별히 잡아끄는 무기가 있었다.

바르칸의 가슴을 꿰뚫고 있는 검!

흑색의 오라가 그곳만은 뒤덮고 있지 못하였다.

위드는 추측했다.

"베르사 대륙의 전쟁 와중에 꽂혔던 검 같군."

검 자루에 있는 문양으로 볼 때에는 루의 신전의 성물로

짐작되었다.

바르칸의 엄청난 흑마력을 성검이 제약하고 있는 모습이었다.

완전한 바르칸의 부활이 이루어지지 않은 상태!

"불량품 데려온 거 아니야?"

위드가 다소 걱정을 하고 있을 때에도 동맹 부족들은 바르칸의 카리스마에 압도당해 꽁무니를 빼고 달아나는 중이었다.

위드는 바위산에 몸을 숨긴 채로 전장을 주시했다.

동맹 부족은 이제 완전히 철수했다.

바르칸의 시선이 주변의 야만족들로 향했다.

"버러지들. 너희 따위가 피가 흐르고 살아서 숨을 쉬다니, 믿을 수 없구나."

바르칸은 너희는 누구냐고 묻지도 않았다. 지극히 거만하기 짝이 없는 태도로 주변에 있는 야만족들을 향해 한 손을 뻗었다.

"선더 스톰!"

콰과과과광!

먹구름이 밀려오더니 수십 줄기의 벼락들이 야만족들의 몸에 떨어졌다.

살아 있던 야만족들의 몸이 그대로 터져 나간다.

마법 저항력이 거의 없는 야만족들이 몰살을 당하고 있었다.

"너희가 살아서 움직이던 땅으로 돌아오라. 이곳은 어두운 곳. 검고 부패한 땅. 영영 사라지지 않을 암흑의 율법을, 모든 이들에게 새길 수 있도록 하라. 언데드 라이즈!"

바르칸의 전율적인 네크로맨서 마법은 이제부터였다.

야만족들의 시체 더미에서 둠 나이트와 데스 나이트 들이 달그락대며 일어났다.

레벨 300이 넘는 둠 나이트를 100마리도 넘게 소환한 리치 바르칸!

"이 땅은 내 암흑의 율법이 지배한다. 영원한 불사의 힘이 장악하리라. 다크 룰!"

바르칸이 들고 있던 해골 지팡이를 땅에 꽂았다. 그 장소를 중심으로 대지가 검붉게 물들었다. 그러자 남아 있던 시체들도 차차 일어났다.

뇌성벽력이 칠 때마다 시야가 환하게 밝아지며 보이는 충격적인 광경.

좀비나 구울의 군단이 있었다.

듀라한이나 스켈레톤 병사들도 부지기수!

"언데드들이 일어난다. 도망쳐라!"

얼마 남지 않은 야만족이 뿔뿔이 흩어져서 도주하려 했지만, 바르칸은 이를 용납하지 않았다.

바르칸이 뼈밖에 없는 손가락으로 야만족들을 가리켰다.

그러자 언데드 군단이 야만족들을 도륙하기 시작했다.

죽은 야만족들은 저절로 스켈레톤이나 듀라한이 되어서 일어났다.

다크 룰 마법이 보여 주는 전율적인 힘.

바르칸이 직접 저술한 네크로맨서 마법서를 가지고 있는 위드는 그 마법을 알아보았다.

"바르칸의 3대 마법 중 하나로군."

최상급 네크로맨서가 되어야만 쓸 수 있는 마법.

지역 전체를 마법력으로 장악하여, 무제한으로 언데드를 일으키는 고유의 마법이었다.

둠 나이트와 데스 나이트, 구울 등의 활약으로 인해 야만족들이 남김없이 사냥당하고 언데드 1만이 일어나는 데에는 10여 분도 걸리지 않았다.

가슴을 뚫고 있는 성검에 대한 우려가 무색해질 정도의 언데드 군단 탄생.

"바르칸의 오라. 저건 데스 오라일 거야."

이 역시 최상급의 네크로맨서만이 쓸 수 있는 마법.

언데드 군단을 강화하고, 힘과 지성, 방어력, 저항력, 마법력을 향상시키는 마법이었다.

흑색의 오라를 몸에 휘감고 있는 언데드들은 스켈레톤 나이트나 아처라고 해도 훨씬 강해진다. 고위 몬스터들이 즐비한 불사의 군단과 비할 바는 아니겠지만, 이 역시 엄청난 전력.

흑색의 오라가 진정으로 무서운 점은 따로 있었다.

휘하의 언데드들이 강해지는 효과도 그렇지만, 그들이 싸우면서 획득하는 생명력을 리치들이 흡수하게 된다.

덤으로 신성력에 의한 공격도 약화시켜 주며, 리치에게는 끝없는 마나와 생명력의 근원이 되는 마법이었다.

야만족들을 전멸시킨 바르칸의 시선이 이제 엠비뉴 교단의 요새로 향했다.

로브를 입고 있는 해골 마법사 리치의 카리스마 넘치는 시선!

위드는 속으로 적잖이 염려가 되었다.

'겁을 먹고 도망치는 건 아니겠지.'

불사의 군단 수장이라고 하여도 진면목은 확인해 봐야 아는 것.

싸워야 할 의미가 없기 때문에 싸우지 않겠다면 어찌할 도리가 없다.

'그래도 명색이 불사의 군단인데… 인사나 하고 떠나진 않겠지. 않을 거야. 암.'

바르칸 데모프는 기대에 기꺼이 부응해 주었다.

이번에는 손가락뼈를 들어 요새를 가리킨 것이다.

"쿠아."

"꾸에에에에엘!"

언데드들이 요새를 향해서 밀려들었다.

스켈레톤과 듀라한, 데스 나이트, 스펙터, 둠 나이트 들의 거칠 것 없는 진격!

엉키고 짓밟으면서 앞서 나가기 위하여 난리를 피운다.

언데드들에게 바르칸은 아버지와도 같은 존재. 바르칸의 명령이 떨어지자마자 언데드들은 요새를 향해 진군했다.

둠 나이트들이 고함을 쳤다.

"지고한 군주 바르칸 님의 명령이다! 저 요새를 주춧돌 하나 남기지 말고 파괴하라!"

바르칸의 네크로맨시 대군이 엠비뉴 교단을 향하여 선전 포고를 했다.

꽈과과광!

스켈레톤 메이지들이 양팔을 모아서 휘둘렀다.

녹색, 청색, 흰색 마법 줄기들이 요새의 성벽을 강타!

스켈레톤 메이지의 마법은 위드가 만든 발석기 위력의 절반도 되지 않았다. 하지만 수백 마리 스켈레톤 메이지들의 마법은 성벽을 흔들어 놓기에 충분했다.

부서진 바위 조각들이 아래로 떨어지고 있었다.

엠비뉴 교단의 요새에서도 마침내 반응이 있었다.

엠비뉴 교단은 지극히 오만하고, 모든 종족과 몬스터의 세상을 지배하려 한다. 사제들과 암흑 기사들은 자신들을 향한 도전을 용납하지 않았다.

"감히 언데드 따위가 엠비뉴의 땅을 더럽히다니. 쏴라!"

암흑 기사의 명령에 의해 교단의 병사들이 활시위를 메겼다.

성벽에서 화살이 발사되어 자욱하게 하늘을 뒤덮는다.

흑색의 오라로 뒤덮인 언데드 군단을 강타!

진군하던 언데드들이 땅에 고꾸라지고, 화살에 몸이 꿰뚫렸다.

하지만 살아 있는 병사들이 아니라서 평범한 화살 공격에는 그리 크게 피해를 입지 않았다.

"쿠어!"

스켈레톤 병사들이 데스 나이트의 몸에 꽂힌 화살을 뽑아 주었다.

무척 다정한 광경이었다.

스켈레톤들은 금속으로 된 화살촉을 누런 이빨로 깨물었다.

와자작!

어금니가 깨지는 충격에도 끄떡하지 않는 스켈레톤들.

은으로 도금된 화살이라고 하여도, 정통으로 해골에 맞지 않는 한 그들의 생명을 끊어 놓지 못한다.

"요새를 점령하라."

"저 요새를 점령하면 부하들을 더욱 많이 늘릴 수 있다."

"바르칸 님의 명령에 따라!"

데스 나이트들은 갑옷과 투구에 화살이 꽂힌 채 앞으로 나아갔다.

둠 나이트들은 대검을 휘둘러 화살들을 공중에서 잘라 냈다.

"계속 쏴라!"

요새의 성벽에서 무수히 많은 점들이 되어 날아오는 화살들.

"홀리 버스터."

"디바인 스트라이크!"

마법사와 사제 들의 공격 마법이 발현되었다.

신성력에 의한 공격.

언데드들에게는 천적과도 같은 신성 마법이었다.

한 번에 수십 마리씩의 언데드들이 소멸하거나 힘을 잃고 땅바닥에 쓰러졌다.

그러나 언데드들은 피해를 입으면서도 꾸역꾸역 앞으로 나아가서 어느새 성벽 근처에 다다랐다.

사제들은 다급해졌다.

"노래를 하라. 성가를 부르자!"

우리에게 자유를 누리게 하고, 힘을 주신 엠비뉴 신이시여.

사제들이 부르는 성가!

암흑 기사와 병사들, 사제들의 힘을 돋아 주는 노래였다.

스켈레톤들이 몸이 엉킨 채로 성벽을 기어 올라갔다.

"크겔겔."

"올라가라. 올라가."

구울들은 몸으로 성벽을 들이받았다.

야만족들이 전멸하고 난 이후에 1만이 넘는 언데드 군단이 만들어졌다.

성벽의 밑부분을 새까맣게 뒤덮고, 공성전을 벌인다.

성벽에서는 궁수들이 아래를 향해서 직접 사격을 가하고, 신성 마법들이 쏟아졌다.

위드는 흐뭇하게 웃었다.

"역시 바르칸이야."

단 한 기의 네크로맨서가 보여 주는 무서운 위용.

"이 정도는 되어야 불사의 군단을 이끌 자격이 있다고 할 수 있지."

바위산 뒤에 숨어서 하는 싸움 구경만큼 짜릿한 게 없다.

음머어어어어어!

누렁이가 혀를 내밀고 고개를 쳐들며 기쁨의 울음을 내지르고 있었다.

순진한 한우가 어느덧 위드의 음흉함을 닮아 가는 중이었다.

"성벽. 성벽을 점거하라."

"일어나서 싸워라. 바르칸 님의 명령이다."

성벽을 오르다가 떨어진 스켈레톤은 뼈다귀가 깨져도 금방 다시 붙었다.

구울이, 몸에 화살 수백 개가 꽂히고 쓰러졌다가도 다시 일어났다.

"크어어어."

몸에 박힌 화살을 뽑아서 짓밟고 성벽을 두들긴다.

엠비뉴 교단의 사제들도 열심히 신성력을 사용했다.

"엠비뉴 신이여, 당신의 자비로움을 모르는 이들을 벌하여 주소서."

신성력으로 인한 불길이 성벽의 아래에 일어났다.

성화로 인한 푸른 화염!

듀라한과 스켈레톤, 구울 들을 휩쓸어서, 수십 마리의 언데드들이 불에 녹았다.

다시 되살아날 수 없는 완전한 소멸.

프레야 교단 사제들의 신성력도 대단했지만, 엠비뉴 교단 사제들의 공격력은 상급의 마법사라고 봐도 무방할 정도였다.

궁수들이 화살을 쏘고, 암흑 기사들이 검을 휘두른다.

언데드들이 새까맣게 달라붙어 있었지만, 성벽으로 인하여 훨씬 유리한 지형에서 사제들의 도움을 받으며 전투를 벌이는 엠비뉴 교단은 쉽게 밀리지 않았다.

엠비뉴 교단 휘하에 있는 마물들도 지시를 받고 분전을 하고 있었다.

하지만 언데드들의 숫자는 거의 줄어들지 않았다.

암흑 기사나 보병대에 밀려서 성벽 아래로 떨어져도, 언데드들은 금방 다시 일어난다. 신성 마법에 의해 소멸되지 않고서는 죽지 않는다.

오히려 엠비뉴 교단에서도 전투 중에 죽는 병사들이, 사제들이 미처 정화 마법을 펼치지 못하면 다크 룰 마법에 의해 언데드가 되어 버린다.

부상을 입은 채로 싸우다가 갑자기 언데드가 되어 버리는 동료들!

바르칸도 놀지 않고 적극적으로 개입했다.

"포이즌 커프스!"

성벽을 기어오르는 언데드들의 몸에서 시퍼런 독기가 흘러나왔다.

주변 일대를 오염시키고 부패하게 만드는 사악한 네크로맨서 마법!

언데드들을 막기 위해 성벽에 배치되어 있던 엠비뉴의 병사들이 땅에 쓰러졌다.

"매스 커스. 매스 위크니스."

이번에는 집단 저주!

신성 마법을 펼치는 사제들을 불행하게 만들고, 암흑 기사

와 궁수 들을 약화시킨다.

바르칸은 철저한 네크로맨서였다.

직접 발휘하는 공격 마법보다는 언데드들을 지휘하고, 집단 저주 등에 특화된 일종의 전문직.

위드는 감동을 받았다.

"과연 세상은 전문직들이 이끌어 나가는 법이지."

고스톱보다도 훨씬 재미있다는 싸움 구경!

바르칸과 엠비뉴 교단이 붙는 장면을 바위산 뒤에서 실감 나게 지켜보았다.

언데드들이 악착같이 성벽을 기어오르려는 모습에서는 전율이 느껴지고, 엠비뉴 교단의 강대함에는 놀랄 정도였다.

오데인 요새의 공성전에 참여한 적도 있지만 유저들이 보여 주는 것과는 많이 다르다.

언데드와 병사들의 싸움에는 집요함과 치열함이 있었다.

"이런 대부대를 내가 거느릴 수만 있다면……."

위드는 아쉬움에 입맛만 다셨다.

엠비뉴 요새를 점령하기 위한 다른 계획 따위는 필요하지도 않았으리라.

언데드 대군을 이끌 수 있는 네크로맨서는 고레벨이 될수록 일인군대라고 칭해도 무방하니까!

유저들 중에는 그런 꿈을 가지고 네크로맨서로 전직한 마법사들도 많았다.

네크로맨서들이 베르사 대륙의 주류가 되기에는 많은 시간이 걸리겠지만, 골렘 1마리를 데리고 사냥터를 휘젓고 다니는 초보 네크로맨서들은 어렵지 않게 발견할 수 있었다.
　위드는 냉정한 눈으로 전장을 살폈다.
　"이 정도로도 엠비뉴 교단이 쉽게 무너지진 않겠어."
　바르칸이 일으킨 언데드들이 정말 강하기는 했다.
　1만 구에 달하는 언데드들을 단숨에 일으켰던 것은 과연 명불허전. 불사의 군단 주인이라고 부르기에 부족함이 없다.
　바르칸의 높은 마력으로 인한 언데드 생성 능력은 감동스러울 지경이었다.
　하지만 기본적으로 언데드들은 살아 있을 때의 생명력에 크게 영향을 받는다. 수준 낮은 야만족으로 만들어 낼 수 있는 언데드에는 제약이 있다.
　저질의 시체들을 바탕으로 대단위 언데드 군단을 만들어 낸 점만은 기가 막힐 정도였지만, 지형상의 불리함까지 딛고 엠비뉴 교단의 요새를 점령할 정도는 아니었다.
　"하지만 싸움은 이제부터지."
　위드의 배가 다시금 꼬르륵거리고 있었다.
　배꼽시계가 알려 주는 정확한 시간.

-포만감이 30% 이하로 떨어졌습니다.
체력의 최대치와 생명력의 최대치가 감소합니다.
쉽게 지치고 힘이 빠지게 됩니다.

위드는 미리 말려 놓은 멧돼지 육포를 질겅질겅 씹었다.
"둘째가 올 시간이로군."
그 순간, 엠비뉴 요새 위의 공간이 크게 일렁거렸다.
리치 바르칸이 소환되었을 때처럼 어마어마한 마나의 유동이 벌어진다.
전투가 벌어지는 것을 보며, 먹이를 위해 몰려들었던 까마귀들이 일제히 하늘로 날았다.
불길함을 몰고 다니는 까마귀들조차도 위협적으로 느낄 수밖에 없었던 대상.
요새의 상부에 소환을 위한 게이트가 열리고 그 안에서 등장한 초거대 몬스터!
9개의 머리를 가진 킹 히드라였다.

페일은 동료들과 함께 선술집으로 들어갔다.
'유로키나의 검은 피부'.
다크 엘프들이 운영하는 선술집이었다.
오크들이 들어오면 100%가 넘는 바가지를 뒤집어써야 하지만, 인간들에게는 30%의 추가 요금만 받았다.
유로키나 산맥에 여행을 온 모험가들이나 용병, 전사 들에게는 식사와 휴식을 위하여 인기가 많은 선술집이었다.

"벌써 시작했나 봐요."

수르카가 조바심을 내었다.

"그러게. 더 빨리 올 걸 그랬나 봐."

로무나가 일행 전체가 앉을 수 있는 빈자리를 찾았다.

선술집에 온 이유는 음식을 먹기 위함도 있었지만 방송을 보기 위해서였다.

선술집에 설치된 마법 유리를 통해서 텔레비전을 시청할 수 있다.

유로키나의 검은 피부 선술집에는 텔레비전을 보러 온 여행자들과 다크 엘프, 오크 들로 비어 있는 테이블이 많지 않았다.

난이도 S급 연계 퀘스트.

엠비뉴 교단과의 전쟁!

베르사 대륙 내에서도 소문이 퍼졌다.

실제로 지금 이 순간 대도시, 왕국의 수도, 성이나 큰 마을 들의 선술집은 밀려드는 손님들로 인하여 장사진을 치고 있었다. 가게 안이 가득 찬 것은 물론이고 밖에 임시 테이블까지 설치해야 할 정도였다.

베르사 대륙에 있는 선술집으로 사람들이 몰려들면서, 성이나 마을 앞에 있는 초보 사냥터가 한적해질 지경이었다.

"헤헤헤헤."

방송 유리를 보며 실없이 웃고 있는 페일!

연인인 메이런이 진행을 할 때마다 빼놓지 않고 방송을 봤다.

블라우스를 입고 지적으로 보이는 그녀가 상큼하게 웃을 때마다 페일의 입가가 찢어질 듯 벌어진다.

이리엔이 한숨을 쉬었다.

"일단 주문부터 해야 되겠는데… 이렇게 북적거려서 주문이나 제대로 할 수 있을까요?"

그러자 제피가 가볍게 손을 들었다.

"미소가 상냥한, 흑진주보다 반짝이는 눈동자를 가진 다크 엘프 아가씨!"

다크 엘프 점원이 금방 제피가 있는 테이블로 시선을 주었다.

"여기 맥주 큰 잔으로 인원수대로 주시고, 수르카에게는 오렌지 주스 부탁합니다. 안주는 어두운 숲 꼬치구이 정식이 괜찮겠군요. 물론 빨리해 주시겠죠?"

찡긋.

음료 주문을 하면서도 본능적으로 눈웃음을 짓는 제피!

여성들에게는 어떤 경우에라도 친밀도를 끌어 올릴 수 있는 재능의 소유자였다.

잘생긴 외모에 자신감 넘치는 행동, 소소한 부분까지 관심을 가져 주었으니 쉽게 호감을 얻는다. 물론 그에 대한 부작용도 심하게 있었다.

화령이 고개를 저으며 싱긋 웃었다.

"제피 님."

"예?"

"아직 덜 맞았네요."

"커헉!"

검치 들에 의해 동네북이 되어 버린 제피!

여자들에게 관심을 보일 때마다 검치 들이 지켜보고 있지는 않은지 몸을 떨어야 했다.

그렇게 선술집에서 주문까지 마친 그들은 마법 유리에 집중했다.

퀘스트를 하면서 동료가 된 다인도 그들과 함께였다.

KMC미디어에서는 이번 특별 방송에 사운을 걸었다.

정규 방송까지 취소하고 생방송으로 진행하는 프로그램이다.

실패하면 방송사의 이미지 실추는 물론이고 유무형의 타격도 엄청났기 때문에, 최고의 인력들이 투입되었다.

특수효과팀, 음향팀, 자막팀, 카메라 감독들이 총동원되어 방송 지원에 나섰다.

작가팀도 대거 동원되었지만, 시간 관계상 만들어진 대본

이 없었다.

즉흥적으로 방송을 이끌어 가야 하기에 신혜민과 오주완이라는 검증된 진행자를 내세우고, 특별 게스트로는 이진건을 초대했다.

이진건은 로열 로드의 서열 400위 안에 드는 유명한 랭커다.

모험가로서 해결한 의뢰들도 상당수!

방송을 위해서 급하게 섭외한 초대 손님이었다.

데스핸드와의 조각품 승부와 빛의 날개 조각, 드워프 켄델레브의 물의 조각품 복원 등이 방송되었다.

조각사의 새로운 모습들에 시청자들의 반응도 뜨거웠다.

-아름답습니다.

-조각사의 재발견인가요? 이런 프로그램 자주 만들어 주세요.

-외면받았던 직업들에 대해 다시 관심을 가져 줄 수 있는 계기가 되었으면 합니다.

로열 로드에는 대다수가 선택하는 주력 직업군들을 제외하고도 많은 직업들이 존재한다.

종족에 따라 나뉘는 직업들과 숨겨진 직업들!

그런 직업들을 택한 시청자들의 호응이 좋았다.

-본격적인 내용은 언제 방송되나요?

-엠비뉴 교단은 나오는 건가요, 아니면 마는 건가요? 이래 놓고 나머지 부분은 내일 방송하느니 하는 건 아니겠죠?

-연계 퀘스트의 내용을 빨리 보고 싶어요.

-데스핸드와의 조각품 승부부터 연계 퀘스트의 일부분으로 추측됩니다.
　-그렇군요. 그런데 조각사가 어떻게 퀘스트를 하죠? 조각사의 전투력은 형편없을 텐데요.
　-데스핸드가 내놓은 조각품이 부활의 교단 상징물과 많이 닮아 있네요. 이 부분에 대해서 아시는 분?
　시청자 게시판에 토론과 추측이 무성했다.
　최초의 난이도 S급 퀘스트였기에 어마어마한 관심을 받고 있으리라.
　-그런데 조각사 위드가 누구예요?
　-얼마 전에 프로그램 위드에서 방송을 하던 주인공입니다. 뱀파이어 왕국에도 여행을 다녀왔죠.
　-아, 그 시청률 낮던 프로그램……. 하지만 조각사는 몇 번 안 보였던 것 같아요.
　-모라타의 영주입니다.
　-피라미드와 빛의 탑을 만든 대조각사예요.
　조각사 위드에 대해서 질문을 하는 사람들도 상당수.
　여전히 조각사 위드에 대해 모르는 사람이 많았다. 빛의 탑이나 모라타는 알지만, 정작 조각품을 만든 사람의 이름은 듣고 나서도 무심코 금방 잊어버리는 것이다.
　창작자로서의 안타까운 숙명과도 같은 것!
　신혜민은 입가에 살짝 미소를 지었다.

전신 위드라고 하면, 게임 방송을 조금이라도 본 사람은 누구나 다 안다.

마법의 대륙의 절대자에 이어서 로열 로드에서도 강렬한 존재감을 과시하고 있는 카리스마 넘치는 존재.

인지도나 명성만으로 놓고 본다면 헤르메스 길드를 이끌고 있는 바드레이에 근접한 수준이었다.

'그분이 전신 위드라고 밝혀진다면 어떤 반응이 나올까?'

걱정은 조금도 되지 않았다.

시청자들의 반응은 보나마나 방송국 홈페이지에 과부하가 걸릴 정도로 폭발적일 테니까!

신혜민은 진행자로서 이 비밀을 아직 자신만이 간직하고 있음이 미안할 정도였다.

방송국 내에서도 연출과 관련된 인원만이 위드의 진정한 정체를 알고 있다. 진행자 중의 한 사람인 오주완이나 특별 게스트인 이진건조차도 모르고 있었던 것이다.

쿠르소의 방송까지 내보낸 후 신혜민이 말했다.

"이번 퀘스트는 조각사에 대해 새로운 사실을 많이 알게 해 주는 계기가 될 것 같은데요, 오주완 씨는 어떻게 여기세요?"

"놀랍지요. 북부 모라타 지방의 영주 그리고 멋진 조각품들을 만든 위드. 사실 조각사를 대표하는 인물이라고 할 수 있지 않습니까? 그런 위드가 이번에는 전쟁 퀘스트를 하고 있다니 빨리 보고 싶어서 애가 탈 지경이네요."

"시청자 분들도 같은 생각이시겠죠? 그런데 엠비뉴 교단, 정체불명의 가공할 세력과의 전쟁을 조각사 위드가 이길 수 있을까요?"

오주완이 재빨리 대답했다.

"글쎄요. 저로서는 어떻게 하려는지 예상하기도 어렵군요. 현재로써는 매우 어려워 보이는 게 사실인데, 어떤 수단과 방법을 동원할지 궁금합니다."

"일말의 희망을 버려서는 안 되겠죠?"

"퀘스트를 받아들였다면 최선을 다하리라 생각합니다. 퀘스트 와중에 어떤 힘이나 권한을 얻었을 수도 있고, 설혹 실패하더라도 도전만으로도 큰 의미가 있다고 할 수 있겠지요."

신혜민이 이번에는 이진건이 앉아 있는 왼쪽으로 시선을 돌렸다.

"이진건 씨는 이번 퀘스트에 대해서 어떻게 생각하세요?"

이진건은 웃으며 단정 지었다.

"당연히 실패할 겁니다."

"네?"

"제가 생각하는 엠비뉴 교단이 맞다면 무조건 실패입니다. 절대 성공할 리가 없습니다."

"……."

"말 그대로 도전에 의미를 두어야 되겠지만, 그조차도 그저 단순히 운이 좋아서 어려운 퀘스트를 입수한 것일 수도 있죠. 엠비뉴 교단? 정체가 알려지지 않았던 엄청난 세력인데요."

이진건은 가차 없이 위드를 깎아내리며 코웃음을 쳤다.

"훗! 더구나 퀘스트 당사자가 조각사라니. 조각술 분야에서는 나름 실력을 인정받는지 몰라도, 모험에 대해서는 경험도 일천하고 능력도 모자랄 것입니다. 실패가 당연합니다."

모험가로서 그리고 베르사 대륙에 이름이 널리 퍼져 있는 랭커로서의 자부심이 걸린 말이었다. 이진건은 자신이 아닌 사람이 퀘스트를 성공한다는 걸 상상도 하지 못할 정도로 편협한 구석이 있었던 것이다.

"어머. 정말 그렇게 생각하시나요?"

신혜민은 화사하게 웃었다.

평상시라면, 방송의 김을 뺀다고 해서 어디 쉬는 시간에 불러서 잔소리라도 실컷 했으리라.

도입부에 어느 정도 비판적으로 이야기를 하는 편이 시청자들을 실망시키지도 않고, 만약에 성공했을 때 극적인 효과도 일으킬 수 있다. 하지만 이진건은 완벽하게 방송의 김을 빼고 있었던 것이다.

시청자들이 그 말을 듣고 완벽하게 실패할 거라고 결론을 내린다면 방송을 볼 의미도 사라질 테니까!

위드가 사용한 인도자의 권능 등에 대해서는 게스트라서

알려 주지 않았다고 해도 그렇다.

 이렇게 중요한 방송에서 섭외에 실패하다니, 큰 사고가 아닐 수 없었다.

 하지만 신혜민은 오히려 웃음을 머금었다.

 잠시 후면 콧대를 납작하게 눌러 줄 수 있을 테니까!

 신혜민은 그가 지난번 방송에서 궁수와 레인저를 비하했던 사실을 잊지 못했다.

 ─ 궁수요? 겁 많은 사람들에게는 괜찮은 직업이죠. 몬스터가 다가오기 전에 해치울 수 있으니까요. 모험가처럼, 어떤 위험이 있는지도 모르는 장소에 뛰어드는 것과는 수준이 달라요.

 궁수와 레인저를 대표해서 응징하리라!
 신혜민은 다짐하고 있었다.

 사심으로 가득한 방송이었지만, 그녀조차도 위드의 전쟁 퀘스트가 어떻게 되어 가는지는 매우 궁금했다.

 위드의 실시간 영상은 연출부에서 받아서 최대한 편집을 하고 있다. 따라서 프로그램을 진행하고 있는 그녀는 볼 수 없었기 때문에, 어서 보고 싶을 뿐이었다.

블랙 드래곤

-콰아아아아아!

 성벽을 밟고 선 초대형 킹 히드라의 머리 9개가 먹이를 노렸다.

 쏜살처럼 날아간 머리들이 사제와 병사 들을 집어삼킨다.

 콰르르릉!

 돌로 지어진 탑을 부숴 버리고 궁수들을 으적으적 깨물어 먹었다.

 신선한 풀을 보면 열불이 터질 정도로 느릿느릿 먹는 누렁이의 되새김질과는 차원이 달랐다.

 공포와 현기증마저 느껴지는 모습.

 명문 길드 3개가 동시에 연합해서 탐험했던 늪지에, 전설적인 몬스터 킹 히드라가 있었다.

 당시 킹 히드라는 불과 몇 분 사이에 명문 길드원들을 모조리 먹어 치우고 또 다른 장소로 이동했다. 더 많은 먹이를 먹기 위해서였다.

 끊임없는 식욕을 불사르는 존재, 킹 히드라!

 "쏴, 쏴라!"

 궁수들의 표적이 언데드에서 히드라로 바뀌었다.

 성벽을 밟고 동료들을 먹어 치우는 히드라의 몸통을 향해서 화살을 날린다.

 히드라의 9개나 되는 머리들이 그 화살들을 보았다.

 대부분의 화살은 두꺼운 가죽을 뚫을 수 없었고, 설혹 미세한 상처를 남기더라도 금방 초록색 피가 맺고 아물어 버렸다. 트롤을 능가하는 재생력을 가진 히드라의 특성 때문이었다.

 "공격이 통하지 않는다."

 "살려 줘!"

 "암흑 기사들이여, 사제들을 보호하라."

 히드라의 머리들은 수십 미터씩을 움직이며 먹잇감들을 찾았다.

 성탑보다도 큰 주둥이에, 불과 독가스를 내뿜는 공격까지!

 요새의 성벽 위는 터져 나오는 비명으로 아우성 그 자체였다.

 "암흑 기사들이여, 돌아오라!"

전투의 일선에서 언데드들을 상대하던 암흑 기사들이 히드라와 싸우기 위해서 모여야 했다.

 그러나 미처 체계적인 대응을 하기도 전에 히드라가 밟고 있는 성벽의 귀퉁이가 우르르 무너졌다.

 육중한 히드라의 무게를 이기지 못하고 갑작스럽게 벌어진 일.

 요새의 성벽 일각이 한꺼번에 붕괴해 버리고 말았다.

 "우히히힛."

 "성벽이 무너졌다. 올라가자."

 지상에서부터 무너진 성벽을 타고 좀비, 구울, 스켈레톤을 앞세운 언데드 군단이 줄지어 밀려왔다.

 엠비뉴의 병사들 중 바위에 깔려서 죽은 이들도 많았다.

 "싸우라!"

 "엠비뉴의 병사들이여, 저들에게 신성한 땅을 내주지 마라!"

 요새 내부로부터 엠비뉴의 병사들이 대규모로 몰려와서 언데드를 향해 돌진했다.

 암흑 기사와 사제 들까지 포함된 엠비뉴 교단의 잔여 병력!

 전투에 동원되지 않았던 엠비뉴 교단의 숨겨진 전력이 새로 등장했다.

 바르칸은 그들이 언데드들을 몰아내도록 내버려 두지 않았다.

 "코어 익스플로전!"

사악하기 짝이 없는 네크로맨서 마법에 의하여 죽은 시체들이 대폭발을 일으켰다.
 뼈와 살점이 튀면서, 엠비뉴의 병사들이 몰려 있던 진형에 무지막지한 피해를 입혔다.
 수백 명 이상이 목숨을 잃었고, 훨씬 많은 숫자가 큰 부상으로 전투 불능 상태에 빠졌다. 방패와 갑옷이 없었다면 정말 씻기 어려운 피해를 입었을 것이다.
 평범한 네크로맨서 마법조차도 바르칸이 펼치면 전율적인 대량 살상 마법이 된다.
 들썩들썩.
 무너진 성벽에서 잔해들이 움직였다.
 다크 룰 마법에 의하여 언데드가 되어 살아난 데스 나이트들이 조금 전까지 동료였던 이들을 살육하기 위하여 검을 휘둘렀다.
 "신성한 힘이여, 우리를 보호하소서. 강철 같은 의지와 육체를 당신의 종에게 주소서. 아이언 아머."
 사제들의 보호 마법이 병사들을 뒤덮었다. 또한 모습을 드러내지 않고 있던 대신관 페이로드가 드디어 나타났다.
 페이로드도 외관상으로는 바르칸에 그리 꿀리지 않을 정도의 고급 아이템으로 도배하고 있었다.
 손가락마다 주렁주렁 달고 있는 보석 반지와 팔찌, 목걸이, 귀걸이!

비싸기 짝이 없는 액세서리 아이템들이 햇빛에 번쩍거린다.

금빛 수실로 장식된 대사제복이 그의 비만형 몸을 덮고 있었다.

페이로드가 외쳤다.

"엠비뉴 교단의 종들이여, 고통은 사라지고 환희에 불타오르리라. 디바인 블레스!"

페이로드도 주로 병사들을 축복시키는 성향이 강했다.

리치 샤이어나 본 드래곤의 경우 자체적인 위력이 정말 폭발적이었다면, 대신관 페이로드는 그러한 공격력은 보여 주지 않는다. 하지만 엠비뉴 교단 군대의 입장에서는 그보다 단단한 벽이 없을 정도였다.

요새의 성벽은 일부가 무너졌지만, 엠비뉴 교단의 병사들이 대신 그 자리를 채웠다.

"오. 오. 오!"

"우리의 땅을 빼앗기지 않으리."

"적들에게 소멸을. 엠비뉴 신께서는 저들에게 영원한 고통을 주시리라."

페이로드와 사제들의 축복 마법에 뒤덮여 있는 병사들은 웬만한 고통이나 공격 따위는 거뜬히 이겨 낸다.

방패와 갑옷을 완벽하게 착용하고 있는 보병들!

위압감이 느껴질 정도로 단단한 힘을 보여 주었다.

망치와 도끼를 휘두르면서 언데드 군단을 밀어내고 있는

것이다.

전투에 이골이 나 있는 듀라한이라고 해도, 서넛의 보병들이 함께 방어하고 반격을 가하니 쉽게 뚫지 못했다.

하지만 성벽이 무너질 때에 이미 꽤 많은 언데드의 군대가 요새 안으로 진입한 후였다.

둠 나이트와 데스 나이트 들이 사제들을 골라서 살육하고 다닌다.

"엠비뉴 교단 제11지파의 기사, 소우드 베른이다."

"크. 크. 크. 크. 바르칸 님의 부하, 데스 나이트 테이럼이다."

암흑 기사와 데스 나이트가 일대일의 결투를 벌이는 장면도 어렵지 않게 볼 수 있다.

암흑 기사가 제압을 당하여 신성한 검에 목을 베이는 경우도 있었다.

하지만 데스 나이트가 이겼을 때에는 죽은 암흑 기사가 금세 같은 데스 나이트나 둠 나이트가 되어서 되살아났다.

"덩치 큰 괴물."

"가자. 싸우자."

일부 언데드들은 킹 히드라에게 덤벼들었다.

바르칸에 의하여 공포심을 제거당한 언데드들은 킹 히드라조차도 사냥하려고 했다.

하지만 킹 히드라가 어쭙잖은 언데드 수십 마리에게 사냥

당할 리가 만무!

9개의 머리가 번갈아 움직일 때마다 언데드들이 하늘로 날았고, 수십 명의 병사와 사제 들이 잡아먹혔다.

엠비뉴 요새의 전투는 대난전으로 이어지고 있었다.

킹 히드라가 움직일 때마다 병사와 언데드 들이 아래에 깔렸다.

-콰아아아아아아아아!

킹 히드라의 거침없는 포효가 천둥처럼 사방을 울리고 있었다.

바위산 너머에서 야만족들과 함께 대기하고 있던 위드는 하늘을 보았다.

흘러가는 구름의 방향이 바뀌었다.

물론 위드의 행동이 전설적인 천재 지략가들이 했던 것처럼 천기를 살피기 위한 건 아니었다.

"해가 중천에 떴군. 밥 먹을 시간이다. 밥 먹자, 얘들아!"

위드는 야만족들과 함께 일단 식사부터 했다.

배꼽시계에 든든한 약을 줘야 할 시간.

"많이 먹어 두지 않으면 몸이 못 견디지."

위드는 블랙 와일드보어 등의 고기를 아끼지 않고 구웠다.

최고급 멧돼지 통구이!

큰 전투를 앞에 두고 먹을 수 있는 별미 중의 별미였다.

멧돼지를 빙글빙글 돌리면서 소금과 후추를 듬뿍 뿌린다.

꿀꺽!

야만족들의 넘어가는 군침 소리가 크게 들릴 정도였다.

잘 익은 통구이는 고소하고 입에서 살살 녹는다.

최고의 맛을 자랑하는 멧돼지 통구이를 먹으면서 최고의 구경이라 할 수 있는 싸움 구경을 한다!

"꽤 오래 걸리겠군."

킹 히드라와 엠비뉴 교단, 바르칸의 싸움은 이제 막 본격화되고 있었다.

언데드 군단이 점점 숫자를 불려 나가고, 킹 히드라는 요새를 제집처럼 부수면서 설친다. 엠비뉴 교단의 잔여 병력도 모두 나오면서, 전투의 향방은 어디로 흘러갈지 가늠하기 어려울 지경이었다.

성벽이 무너질 때에는 엠비뉴 교단이 잠깐 밀리는 것 같았지만 추가 병력으로 막아 냈다. 엘리트 암흑 기사들의 참전으로 인해 끄떡없는 세력을 과시했다.

마물들의 조력도 받으면서 싸우고 있으니, 엠비뉴 교단은 건재하다고 봐야 한다.

"요새도 완전히 파괴된 게 아니니까 말이야."

엄폐물에 숨어서 화살을 쏘는 궁병들!

좁은 통로와 구조물 들을 이용한 사제들의 신성 마법에 의해 언데드들이 소멸하기도 한다.

질서만 회복한다면 단숨에 언데드 군단을 몰아칠 것도 같은 엠비뉴 교단!

킹 히드라는 독가스 등을 뿜기 시작하면서 최악으로 날뛰고 있다.

바르칸은 네크로맨서의 특성으로 안전한 후방에서 언데드 군대를 일으킨다.

보는 사람의 눈이 핑핑 돌아갈 정도로 지독한 명장면들이 끊이지 않았다.

높게 치솟은 탑이 굉음과 함께 옆으로 점점 기울어져서 완전히 무너진다. 첨탑에 비스듬히 올라 있던 스톤 가고일이 날개를 펼치며 다른 곳으로 향한다.

바르칸이 어느새 스톤 가고일이나 하피 같은 공중 몬스터도 소환한 모양이었다.

성에 화재가 나서 매캐한 연기를 하늘로 뿜어내고 있었으며, 성벽에서 추락하는 병사들도 많았다.

난전 중의 난전!

식사를 마친 위드는 두 팔을 넓게 펼쳤다.

"드디어 마지막 손님이 올 시간이로군."

가장 귀한 손님을 적극적으로 환영하는 자세.

인도자의 권능에 의해서 마지막 손님이 소환될 시간이

었다.

 세 무리가 날뛰고 있는 엠비뉴 요새의 공간이 크게 일그러지더니 시커먼 덩어리 같은 것이 튀어나왔다.

 고귀함과 품격의 결정체!

 미스릴보다도 단단한 비늘을 가지고 있으며 완벽한 조형미로 인하여 아름다움까지도 갖춘 존재.

 베르사 대륙에서 모르는 사람이 없는 종족.

 체내에 가지고 있는 드래곤 하트는 복용만 하면 마나의 최대치를 5,000 이상 늘려 주며, 마법사가 먹으면 마법 수준을 한 단계 올려 준다는 소문이 있다.

 위대한 권위의 상징인 블랙 드래곤.

 엄청난 마나의 유동에 킹 히드라도, 바르칸도, 대신관 페이로드도 하늘을 올려다보았다.

 이들 전부를 절망에 빠뜨릴 수 있는 존재.

 작은 날개와, 대조적으로 60미터에 달하는 몸집을 가진 몬스터의 등장.

 블랙 드래곤과는 모습이 매우 많이 다를뿐더러 훨씬 초라했다.

 일단 수염도 없고, 대형 뱀처럼 생긴 머리통에서는 위엄도 느껴지지 않는다.

 진짜 드래곤의 몸의 크기는 300미터가 넘는다. 하지만 지금 나타난 시커먼 덩어리는 머리에서 꼬리까지의 길이가 70

미터도 안 되었다.

몸통은 얇고 길었다.

드래곤이라기보다는 날개 달린 뱀의 일종이었다.

수련을 많이 하고 좋은 음식을 오랫동안 많이 먹은 결과 드래곤으로 탈피하려고 하는 녀석.

블랙 이무기!

위드는 나름 힘과 권위의 상징인 드래곤을 소환하였다.

단지 짝퉁이었을 뿐!

물론 이무기라고 해서 절대 얕잡아 볼 게 아니었다. 킹 스네이크 정도의 몬스터가, 수백 년에서 천 년 이상의 수행을 거쳐야 된다.

보스급에서도 거물인 녀석.

짝퉁도 급이 다르다.

"보통 짝퉁이 아니라, 드래곤 짝퉁이니까!"

블랙 이무기가 입을 쩍 벌렸다.

-쿠아오오오오오!

드래곤 피어!

엠비뉴 병사들이 양손으로 귀를 감싸며 비틀거렸다.

언데드들도 괴로운 듯이 신음 소리를 흘렸다.

스펙터와 고스트 같은 유령체들은 강제로 소환 해제되기까지 했다.

블랙 이무기는 이렇게 화려하기 짝이 없는 등장을 알렸다.

진짜 정통 드래곤이 아니라 이무기임에도 사용하는 드래곤 피어의 위력.

성 전체를 영향권으로 두었으며 몬스터들에게 막대한 타격을 입힐 정도였으니, 위드의 사자후 따위는 상대가 안 되었다.

바르칸과 페이로드는 이무기를 보면서 투지를 불태웠다.

"죽여서 본 드래곤으로 만들면 적당한 크기의 놈이로군."

"저놈을 엠비뉴 신에게 제물로 바치겠다."

블랙 이무기는 그러한 도전을 좌시하지 않았다.

—**어리석은 인간들, 보기도 싫은 언데드들, 추악한 히드라! 여기 내가 싫어하는 족속들이 모두 모였구나.**

블랙 이무기는 거침없이 세 무리를 함께 조롱했다. 자존심만큼은 진짜 드래곤과 비슷했던 것이다.

이무기가 끼어들면서 엠비뉴 요새의 싸움은 새로운 국면으로 접어들었다.

하늘을 지배하는 이무기가 마법을 사용한다. 복잡한 주문도, 수식도 필요하지 않은 존재.

이무기의 몸집만 한 벼락과 대형 곤충들이 소환되어 아래로 떨어졌다.

요새가 박살 나면서 언데드들이 소멸되고, 엠비뉴의 병사들도 무참히 죽어 나간다.

짝퉁 드래곤이었지만 괜히 이무기가 아니었다.

KMC미디어의 연출부!

실시간으로 전송되는 영상을 분석하고 편집하기 위해서 인원이 총동원되었다.

국장과 부장, 그 외에 이사들을 포함한 임원들은 영상을 구경하기에 여념이 없었다.

"오!"

"과연!"

"어떻게 저럴 수가……."

"킹 히드라가 저렇게 생겼구나."

전신 위드의 전쟁! 베르사 대륙 역사상 가장 거대한 규모의 전쟁이었다.

누구도 꿈꾸지 못할 존재들이 한곳에 모여서 보여 주는 압도적인 스케일!

방송사 임직원들도 당연히 로열 로드 이용자였다.

'음, 해골들이 무섭군.'

'몬스터 군단이 정말 센 편이야. 내가 지휘관이라면 저 병사들을 데리고 절대 성벽을 내려가지 않겠어.'

요새 아래는 언데드 군단으로 바글바글했다.

병사들과 함께 내려가는 건 아무리 봐도 자살행위로밖에 보이지 않았지만, 엠비뉴의 군대는 겁이 없었다.

블랙 드래곤

일단의 기사들과 병사들이 언데드들을 처단한다면서 성벽에서 뛰어내린다.

 잠깐 동안 절정의 무력을 자랑하던 이들도, 스켈레톤들과 구울들이 사방에서 들이치면 금방 한계를 드러낸다.

 바다 한복판에서 조각배 하나가 가라앉듯이 사라지고 나면, 언데드로 탄생했다.

 언데드 군단을 늘리는 원인이기도 했다.

 하지만 엠비뉴의 군대는 정말 가공하다는 말밖에 나오지 않을 지경이라서, 막대한 피해를 입고 있음에도 불구하고 꾸역꾸역 밀려 나와서 킹 히드라와 맞서고 있다.

 '대단하네.'

 '아, 저 장소에 내가 있었다면…….'

 '나도 싸우고 싶다. 레벨도 320을 넘겼는데…….'

 임원들은 몸이 달아 있었다.

 영상을 보고 있자니 현장에서의 생생한 긴장과 흥분이 고스란히 전해져서 죽을 지경이다.

 방송을 만드는 입장에서, 이렇게 애가 탄 적이 얼마 만이었던가.

 '이런 퀘스트를 나도 한번 받아 볼 수 있다면 소원이 없을 텐데.'

 '저곳에서 한낱 스켈레톤으로라도 싸울 수 있다면 얼마나 좋을까.'

임원들은 자리에 서 있었다. 나이가 들면서 사그라졌던 혈기가 들끓는다. 배가 고픈 것도 잊고, 다리가 아픈 것도 몰랐다.

위드는 부채를 꺼냈다.

혹시나 쓸모가 생길지도 몰라서 잡화점에서 사 두었던 30쿠퍼짜리 부채였다.

싸구려 중의 싸구려로, 기능이라고는 거의 없다.

베르사 대륙의 시간으로 하루가 넘는 동안에 엠비뉴 요새의 싸움은 점점 처절해지고 또 격렬해지고 있었다.

깃털이 듬성듬성 빠진 부채 : 내구력 3/5. 공격력 0~1.
어린아이들이 장난감으로도 가지고 놀지 않을 부채.
소량의 바람을 만들 수 있지만, 더위를 식히기에는 무용지물.
누군가에게 선물을 했을 때에는 분노와 짜증을 일으킬 것 같다.

위드는 부채를 살랑살랑 흔들었다.

누렁이가 옆으로 다가와서 머리를 불쑥 들이밀어 보았지만 시원하지가 않아서 다시 풀이나 뜯어 먹었다.

위드의 입가에 진한 미소가 어렸다.

"역시 나의 계략대로 이루어졌어."
위드는 부채를 손바닥에 탁 쳤다.
그 탓에 그나마 얼마 남지 않았던 깃털이 2개나 뽑혔다.
남아 있는 깃털은 간신히 11개!
"제갈공명도 탄복할 계략이지."
엠비뉴 교단은 전체적인 세력과 지형적인 요소를 강점으로 가졌다.
바르칸은 중급이나 하급 언데드를 일으키면서 끝없는 전쟁을 일으킬 수 있다.
킹 히드라는 거의 불멸의 회복력으로 전장의 한복판을 휘젓는다.
블랙 이무기는 징벌자나 다름이 없다. 짝퉁 드래곤임에도 엠비뉴 교단과 언데드 무리를 사정없이 파괴한다.
엠비뉴 교단, 바르칸, 킹 히드라, 블랙 이무기!
"이것이야말로 진정한 천하사분지계!"
제갈공명이 이루었다는 천하삼분지계의 업그레이드판.
물론 전적으로 위드의 생각일 뿐이었다.
불사조들이 빙룡에게 물었다.
"선배님, 천하사분지계가 뭡니까?"
"나도 몰라. 누렁아, 너는 알고 있니?"
"저도 몰라요. 음머어어어."
조각품들끼리 서로 물어보아도 답이 안 나오는 사태!

그래도 빙룡이 큰형이라고 머리를 굴려서 대답했다.

"저기 네 무리가 싸우도록 한 게 천하사분지계라는 것 같은데. 네 무리가 나누어져서 서로를 공격하면서 싸우고 있지 않느냐. 예를 들어, 입김도 안 불고 얼린 셈이지."

불사조들은 감탄했다.

"진정 엄청난 계략이군요."

"주인에게 이런 좋은 잔머리까지 있을 줄이야."

불사조들도 크게 본다면 새로 분류된다. 조류의 한계를 벗어나지 못하기에 쉽게 위드의 계략에 놀라워했다.

빙룡이 으스대며 말했다.

"주인 무시하지 마라. 가끔은 깜짝 놀랄 정도로 머리를 잘 쓰는 사람이다."

"예, 선배님."

무심하게 풀을 뜯어 먹느라 대화에 잘 끼지 않고 있던 누렁이가 물었다.

"지금 이게, 그냥 세 놈 더 소환해서 네 놈이 싸우게 만든 거랑 뭐가 다른 거죠?"

"……."

빙룡은 마땅히 대답할 말이 떠오르지 않았다.

보는 시각을 조금만 바꾸어도 충분히 그렇게 여길 수 있었으니까.

제갈공명이 천재적인 지략과 전술적인 승리를 바탕으로

위, 촉, 오의 삼국을 이루었다면 위드는 달랐다.

숱한 고생을 해 보면서 얻었던 경험과, 한계까지 싸우면서 몸으로 익힌 몬스터들의 전투 능력을 바탕으로 했다.

다크 게이머 연합이나 로열 로드의 정보 게시판 등을 통해서 습득한 여러 정보들로 소환할 몬스터들을 정했다.

그리하여 상극의 네 무리가 싸우게 만든다.

조각품들이 나누는 대화를 모르는 위드는 부채를 여유롭게 부쳤다.

"이 천하사분지계의 진정한 무서움은 여기에 있지 않지!"

제갈공명의 계략은 현대에 와서도 탄복해 마지않을 정도다.

불리하던 형세에서, 삼국을 기반으로 한 위나라의 견제!

"하지만 결국 제갈공명도 천하 통일은 이루어 내지 못했어."

엄청난 놈들을 불러와서 싸움을 일으키더라도 퀘스트를 실패해 버리면 소용이 없다.

"이 천하사분지계는 기다림에 미학이 있다고 볼 수 있지. 저 네 무리가 한껏 싸우다가 지쳤을 때, 저들의 군대가 약해졌을 때 우리가 공격한다. 최후의 승리자가 되는 것이다."

위드의 말을 듣고 있던 빙룡과 불사조들은 완벽하게 공감했다.

"정말 뛰어난 계략."

"과연 주인이다."

**"엠비뉴 교단을 밑바닥까지 내몰고, 덤으로 다른 놈들까지

몽땅 같이 잡겠다는 최고의 판단이 아닌가."

마트에서도 1+1 정도의 행사로 고객을 유인한다. 그러나 기본 마진이 있기 때문에 사은품에도 제한은 있다.

그들도 먹고는 살아야 하니까!

하지만 위드의 계략이 가진 장점은 최대 1+3까지 얻을 수 있다는 부분에 있었다.

이것이야말로 날도둑놈 심보의 절정이라고 할 수 있었다.

누렁이는 여전히 삐딱한 시선을 거두지 않았다.

"남들 실컷 싸우게 해 놓고, 지치면 다 잡겠다는 작전 아닌가요. 음머어어어어."

천재적인 전략이라고 해도, 위대한 도전이라고 해도 결국은 단순하기 짝이 없는 것!

성공과 실패는 종이 한 장 차이라고 볼 수 있다.

위드는 외줄타기 같은 긴장감을 늦추지 않았다.

'이 지긋지긋한 고생문. 난이도 S급 퀘스트라서 쉽지 않을 거라 짐작했다.'

엠비뉴 교단의 전력을 매우 높게 평가해 주었다.

퀘스트를 성공할 때마다 보통 고생을 한 게 아니었으니, 아예 숨겨진 전력까지도 넉넉하게 염두에 두어야 했다.

요새에서 꾸역꾸역 나오는 잔여 병력은 여전히 꺼림칙한 존재!

야만족들을 데리고 그냥 싸웠더라면 절대 승산을 장담할

수 없었다.

바르칸이 이겨도 곤란한 건 마찬가지다.

퀘스트를 성공하기 위해서는 요새를 점령해야 한다.

엠비뉴 교단이 아닌, 언데드 군단을 상대로 요새를 점령하는 것도 똑같이 어렵기는 마찬가지.

"슬슬 시기가 다가오는군."

위드가 눈빛을 날카롭게 했다.

기다리고만 있으면 퀘스트를 성공하더라도 공적치가 적어 얻는 소득이 거의 없다.

S급 퀘스트의 막대한 보상을 위해서라도 구경만 할 수는 없는 입장.

네 무리는 사력을 다해서 싸우면서 많이들 지쳤다.

바르칸은 무한한 체력을 가진 리치였지만, 엠비뉴 사제들의 집중 견제를 받고 있었다.

언데드를 잡는 건 사제라는 말처럼, 성가와 신성 마법 들이 바르칸을 향해 날아갔다.

대신관 페이로드까지 합공을 가하면서, 휘하의 언데드들과 함께 요새에 오른 바르칸은 고전을 면치 못했다.

킹 히드라는 움직임이 둔화되었고, 블랙 이무기의 마나도 예전 같지 않다.

격렬한 싸움의 흔적으로 요새는 불바다가 되었다.

전투는 정점을 향해 치닫는 중이었다.

위드가 검을 뽑았다.

"이제 갈 시간이다."

방만하게 늘어져서 쉬고 있던 야만족들이 형형하게 눈을 빛내며 일어났다.

휴식을 취하고 잘 먹었으니 전투 의지가 솟구친다. 회복력이 제법 빠른 편이었다. 물론 싸움은 신경 쓰지 말라고 지시하고, 엠비뉴 요새의 모습을 보여 주지 않았던 덕도 있으리라.

블랙 이무기와 킹 히드라, 언데드 군단을 보면 금방 움츠러들 테니까.

"사냥의 시간이다. 전군 전진!"

위드는 야만족과 누렁이, 빙룡, 불사조들과 함께 요새로 진격했다.

콰아아아아.

블랙 이무기가 날아다니며 하늘에서 큰 암석들을 소환해서 떨어뜨리고 있다.

"지상으로 다가왔다. 지금이다. 쏴라."

"공격 마법을 드래곤에게 집중시켜라!"

사제들의 신성 마법이나 궁수들의 화살이 하늘로 향했다.

스켈레톤 아처와 스켈레톤 메이지들도 상공으로 화염구와

녹색 독 기운들을 발사했다.

진짜 드래곤이라면 쳐다보는 것만으로도 중화되고 무력화되어 버릴 미미한 공격들!

하지만 블랙 이무기는 날개를 움직여서 마법 공격들을 피해야 했다. 일부 마법들은 그대로 몸에 부딪쳤다.

몸통을 튕기면서 움직일 때마다 수많은 마법 공격들이 뒤를 따라다닌다.

이무기의 몸에 올라타서 칼을 휘두르는 둠 나이트와 엘리트 암흑 기사들도 있었다.

처음 등장 때보다 약화된 게, 싸우는 모습에서도 느껴질 정도였다.

비늘의 방어력만으로도 거뜬히 튕겨 내던 화살들이었는데 일부러 피한다.

언데드와 엠비뉴 교단 양측의 합공을 받아서, 한없이 매끄럽고 보석처럼 빛나던 비늘들에 자잘한 흠집이 새겨져 있었다.

그래도 이무기는 이무기!

초반에 화끈한 공격을 퍼부으면서 킹 히드라의 머리를 7개 넘게 날려 버리고, 엠비뉴 교단의 요새 절반을 박살 냈다.

독을 토해 내서 언데드 군단도 절반가량을 녹여 버렸다.

심각한 마나 고갈 현상 때문에 약해져 있지만, 이무기의 전투 능력이야말로 경악스러울 지경이었다.

-맛있는 드래곤이다. 먹어 버리자!

이미 병사들을 1,000명도 넘게 잡아먹은 킹 히드라의 머리통들이 입을 벌린 채로 이무기를 향해서 날아갔다.

-감히. 미물 주제에!

블랙 이무기는 공중에서 선회하여 킹 히드라의 목덜미를 물어뜯었다.

킹 히드라의 머리통이 순식간에 뜯겨 나간다. 하지만 기쁨도 잠시였다.

킹 히드라의 새로운 머리통이 금방 생성되었다.

트롤을 능가하는 재생력!

바르칸과 번갈아서 공격을 주고받던 대신관 페이로드가 사제들을 향해 명령했다.

"희생의 주문을 외워라."

"숭고한 엠비뉴 신이시여, 저희의 육신을 바치나니 세상을 향해 휘두를 칼을 내려 주소서."

희생의 검!

100명의 사제들이 생명력을 잃고 쓰러졌다.

그 직후 이무기 위에 황금빛 거대한 검이 생성되었다. 그리고 지체 없이 아래로 뚝 떨어졌다.

이무기는 다급하게 날갯짓을 하며 옆으로 돌았지만, 얇은 날갯죽지가 잘리고 말았다.

-크아아아아아아! 비겁한 놈들!

괴로움에 찬 이무기의 비명!

블랙 이무기가 빙글빙글 선회하며 요새로 추락했다.
밑에 있던 수백 명의 병사와 마물, 언데드 들이 깔려서 박살 났다.
"드래곤을 사냥하라."
"놈을 잡아라!"
그리고 병사들과 언데드들이 새까맣게 뒤덮었다.
블랙 이무기는 한쪽 날개를 잃고도 뒤뚱거리면서 분전했다.
요사스러운 눈빛이 번뜩이면, 인간 병사들은 몸이 굳어 버리고 소름이 돋아서 싸우지 못한다. 하지만 언데드들에게는 통하지 않았다.
둠 나이트들이 비늘에 대고 마구 칼질을 하고, 회복 마법을 펼칠 사이도 없이 화살과 마법들이 날아온다.
날파리 떼처럼 덤비는 암흑 기사와 둠 나이트 들은 블랙 이무기에게 야금야금 피해를 가중시켰다.

위드와 빙룡, 불사조들과 야만족들은 바위산을 내려왔다.
"언데드부터 쳐라!"
위드는 외곽 지역의 언데드들부터 목표물로 삼았다.
"바르칸으로부터 멀리 떨어져 있는 언데드들을 사냥하도록 해."
야만족들이 구울과 좀비 들에게 화살을 쐈다.
레키에 부족 주술사들의 힘이 담겨서, 화살에 적중당한 언

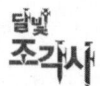

데드들은 얼어붙거나 불에 탔다.

"재생하지 못하도록 철저히 부숴 버려라!"

위드는 언데드들을 조금씩 완전히 없애 버렸다.

빙룡과 불사조들이 짓밟고 지나간 자리에서 베자귀 부족의 용사들과 함께 싸운다.

조각 검술을 바탕으로 급소들을 베어 버리고, 되살아나지 못하도록 자잘하게 부쉈다.

그리고 잡템까지 습득했다.

언데드의 사망을 알리는 가장 확실한 표시!

빙룡이 먼저 밟고 물어뜯으면, 불사조들이 화염을 방출하면서 언데드들을 녹였다.

신성 마법 다음으로 언데드들을 상대하기 좋은 화염!

불사조들의 불은 정화의 능력까지 약간 가지고 있었기에 일반 스켈레톤과 구울, 좀비 들은 밥이었다.

음머어어어어!

누렁이도 빙룡의 근처에서 열심히 싸웠다.

새끼 소를 낳으면 먹일 건초라도 사기 위하여, 빗물을 피할 우사라도 짓기 위하여 돈을 벌려는 갸륵한 심정!

다만 불사조들의 근처에는 다가가지 않았다.

근육질의 건장한 몸에 달려 있는 약간씩의 지방질들!

꽃등심, 아롱사태, 갈비살 등이 굽히는 것을 꺼렸기 때문이다.

위드는 요새의 외곽에 있는 약화된 언데드들을 쉽게 쓸어버릴 수 있었다.

주력이 되는 고위 언데드들은 요새 안으로 들어가 있으니 그리 어려운 일이 아니었다.

"양쪽 모두 규모가 정말 많이 줄어 버렸군."

언데드들은 초반에 1만 구가 넘었고, 엠비뉴 교단의 병력은 2만 이상이었다.

하지만 남아 있는 양측의 전력은 2,000씩 정도로 약화되어 있었다.

블랙 이무기가 녹여 버리고, 킹 히드라가 먹어 치운 병사들!

게다가 거대한 군대들끼리 싸우면서 엄청난 손실이 발생했다.

얼마나 치열한 전쟁이었는지를 실감할 수 있었다.

퀘스트를 완료했을 때의 공적치는 그만큼 줄어들겠지만, 감수할 수밖에 없는 부분!

무너진 성벽을 넘으면 언데드와 엠비뉴 병사들이 아수라장을 이루며 싸우고 있다. 킹 히드라와 블랙 이무기, 바르칸, 페이로드가 격전을 벌이는 장소다.

"요새로 들어가서 잔당을 소탕하자!"

약화된 적들.

그럼에도 어느 한 무리라도 위드와 야만족으로 승리를 장담할 수는 없다.

바르칸은 여전히 강성할 테고, 킹 히드라는 난폭하다. 엠비뉴 교단과는 적대적인 사이이고 블랙 이무기도 눈으로 보기 전에는 믿기 어려울 정도로 잘 싸웠다.

고래 싸움에 깨지는 새우 등 신세가 되지 말란 법도 없는 것이다.

위드가 기세 좋게 외쳤지만 야만족들은 머뭇거리기만 했다.

"저 안은 위험하다."

"들어가지 않는 편이 좋다."

영 꺼림칙한지, 야만족들은 뒤로 물러섰다.

하지만.

"저 요새를 점령해야 한다. 여기서 물러선다면 영원히 엠비뉴 교단의 하수인이 되어 살아야 하리라. 인도자의 동맹이여, 용감하게 싸우자!"

위드의 사자후에 의한 외침으로 야만족들은 다시 싸울 마음을 갖췄다.

그런데 빙룡과 불사조, 누렁이도 꽁무니를 빼고 있었다.

"주인."

"이 자리에 굳이 우리까지 나설 필요는 없을 것 같다."

조각 생명체들의 항명!

위드가 폭력을 동원하더라도 매에는 이골이 나 있었다. 맞을 만큼 맞더라도 위험한 요새로 들어가고 싶진 않았다.

누렁이는 벌써 잡템을 한 보따리 이상 먹은 상태!

평화로움을 사랑하는 소답게 더는 싸우고 싶지 않아 한다.

위드가 고개를 끄덕였다.

"너희의 입장도 이해한다. 내가 배려심이 모자랐다. 정말 미안하다."

솔직한 반성과 사과!

위드에게서 벌어져서는 안 될 일이었다.

무조건 다그치고 우기고 보는 그가, 부하들을 향해 머리를 조아렸다.

"용서해 다오. 그리고 나를 잊어 다오."

"주인?"

"이게 내 마지막 모습이 될 테니까. 동맹 부족들과 함께 장렬히 싸우다가 최후를 맞이한 걸로… 그렇게 알고 나를 이제 잊어라."

"주인!"

"나를 잊고 안전한 곳에 가서 편안하게 잘 쉬고 잘 살아라. 특히 누렁아, 너에게는 잘해 주지 못해서 마지막까지 가슴에 무언가가 얹힌 것처럼 후회만 남는구나."

음머어어어어!

"좋은 풀 많이 뜯어 먹고, 새끼 소 많이 낳고. 돈이 없어도 절대 대출은 받지 마라."

음머어어어!

유언과도 같은 말에, 감수성이 뛰어난 누렁이가 굵은 눈물

을 흘렸다.

"해 준 것도 없이 고생만 시켜서 미안하다. 작별의 시간이 너무 길면 기분만 이상해지니 이만 가겠다. 잘 살아라."

그리고 돌아서서 걸음을 옮기는 위드.

그러나 그 속도는 결코 빠르지 않았다.

조각 생명체들이 충분히 따라올 수 있도록 여유를 주는 것. 일부러 어깨는 왜소하게 좁히고 고개는 땅으로 푹 숙였다.

"주인, 같이 가자."

빙룡이 요새를 향해서 날고, 불사조들이 뒤를 따랐다.

누렁이는 뒷발로 땅을 긁으며 돌격 자세를 취했다.

조각 생명체들까지 전투준비 완료!

위드의 이상형

뱀파이어 왕국 토둠!

유린은 뱀파이어들을 그려 주면서 그림 그리기 스킬을 향상시켰다.

"어때요?"

"아주 좋군. 예쁜 아가씨, 우리 조용한 데 가서 와인이라도 한잔할까? 내 성으로 가서 짙은 커튼을 쳐 놓고 햇빛이 들어오지 않도록 하지. 그리고 관 속에서 아침까지 둘만의 시간을……."

"됐네요!"

뱀파이어들의 유혹은 매몰차게 거절했다.

뱀파이어들을 따라간다면 목덜미에 날카로운 송곳니가 콱

꽂힐 수 있었기 때문이다.

'이제 여기도 대충 다 둘러본 것 같네.'

유린은 토둠 여행을 마치기로 했다.

토둠에는 대가들이 그린 그림들이 많았다. 화가라면 꼭 한 번 보고 싶어 하는 거장의 작품들이 여기저기 걸려 있다. 덕분에 그림 그리기 스킬을 상당히 올렸지만, 더 넓은 대륙을 여행하고 싶었던 것이다.

"다른 곳으로 움직일까?"

유린은 자리에서 일어났다.

챙이 넓은 모자를 눌러쓴 그녀가 물감 통과 스케치북을 챙겼다. 등 뒤에는 커다란 붓이 한 자루 매달려 있었다.

레벨 16.

좋은 무기는 물론 무장을 하는 것조차도 불가능한 레벨이었다. 이 붓은 순전히 뱀파이어들의 보물 창고에서 꺼내 온 장식용인 것이다.

넓적해서 색칠하기도 좋고 약한 몬스터들은 기절시키는 효과도 있다.

재질은 무려 미스릴!

붓털도 잘 빠지지 않을 정도로 내구성이 뛰어나서, 쓸모가 많았다.

"그럼 가 볼까?"

유린이 땅바닥에 그림을 대충 슥슥 그렸다.

그녀가 그린 배경은 페일 등이 술을 마시면서 위드의 전투 영상을 보고 있다는 선술집이었다.

페일과 동료들의 모습들을 그리고, 탁자와 몰려 있는 사람들, 선술집의 배치 등을 그린다.

가 본 적 없는 지형으로 움직일 때는 상당히 정확하게 표현을 해야만 했다. 조금이라도 지형이 달라지면 완전히 엉뚱한, 전혀 다른 장소로 이동할 수도 있다.

하지만 사람이 있는 근처로 이동할 때에는 그 사람의 묘사를 정확히 해야 했다.

동료들과 장소까지 대략적으로 그리면 그림 이동술을 펼칠 수 있다.

선술집의 풍경을 그린 유린은, 일행의 테이블의 빈자리에 자신이 앉아 있는 장면을 그렸다.

그리고 그 후에는 선술집 안에 있었다.

"캬아. 킹 히드라가 나왔다!"

"최고다! 진짜 조각사 맞아? 저 두둑한 배포가 보통이 아니잖아, 정말."

선술집은 음식과 맥주를 주문하는 소리로 귀가 울릴 만큼 시끄럽고, 떠들썩한 응원의 열기까지 피어 있었다.

유린이 갑자기 나타났지만 관심을 두는 이들도 없다.

"어서 와."

"언니도 잘 있었어요?"

유린을 가장 먼저 환영해 주는 건 역시 화령.

그녀를 필두로 해서 오랜만에 보는 이리엔, 로뮤나, 수르카 등이 인사를 건넸다.

"지금까지 토둠에 있었다니……. 진작 나오지 그랬어."

"그려 보고 싶은 게 많아서요. 그림 퀘스트를 하느라 바빴거든요. 이제 나왔으니 맛있는 거 많이 사 주셔야 돼요, 언니."

"응. 뭐든 사 줄게."

화령과 유린은 죽이 척척 맞았다.

위드의 동영상을 보면서도 부지런히 수다를 떤다.

이리엔과 로뮤나도 수다라면 한몫하는 편이라서, 여자들의 대화는 끝이 없었다.

"장비가 바뀌셨네요?"

"응. 저번 건 너무 노출이 심했잖아. 이번에는 우아한 복장을 골랐어. 어때, 괜찮니?"

"아주 예뻐요. 귀걸이는 어디서 산 거예요?"

"잡템이야. 고블린용품인데, 잘 어울려?"

"정말 잘 어울려요."

다인도 유린에게 먼저 인사했다.

"난 일행의 샤먼으로… 다인이야. 잘 부탁해."

"저도 잘 부탁해요, 언니."

다인도 낯가림이 심한 편이었지만, 이들이 워낙 좋은 사람들이라서 금세 서먹함을 풀고 지내고 있었다.

인사를 나누고 수다를 떨면서 모험 동영상을 보고 있을 때였다.

갑자기 화령의 입에서 튀어나온 질문.

"유린아, 네 오빠는 어떤 여자를 좋아해?"

"네?"

"그러니까… 취향이나 성격, 외모 등, 어떤 여자를 좋아하는 거야?"

"이상형을 묻는 거예요?"

"응. 동생이니 오빠에 대해서는 잘 알지 않니?"

전투 동영상으로 인해서 선술집은 시끌벅적했지만, 유린이 있는 테이블만큼은 대화에 더 집중이 되었다.

여자에 대해서는 지나치리만큼 관심을 보이지 않던 위드의 이상형.

"저도 잘 몰라요."

"왜? 오빠가 여자 친구 사귀어 본 적이 없니?"

화령의 눈은 유난히 반짝거렸다.

"제가 알기로는 없어요."

"그랬구나. 그래도 좋아하는 이상형은 있을 거잖아."

"대충 알기는 하지만 어떻게 설명해야 될지 모르겠어요."

"예를 들어 나 같은 여자는 어때?"

화령이 환하게 웃으면서 물었다.

세계적으로 유명한 잡지에서 가장 연애하고 싶은 여자 순위 1위, 결혼하고 싶은 여자 1위를 차지한 그녀!
 자신감과 당당함, 매력이 넘치는 화령이었다.
 유린은 미안한 듯이 작게 고개를 저었다.
 "언니는… 아마 오빠 이상형은 아닐 거예요."
 화령은 금세 시무룩해져서 물었다.
 "내 어떤 면이 모자라니?"
 일행은 경악했다.
 감히 어떻게 화령을, 그녀를 사랑하지 않을 수가 있단 말인가.
 대체 어떤 중대한 이유 때문에!
 과거의 아픈 사연일까? 혹은 화령이 정상급의 연예인이기 때문에 스캔들에 휘말리는 것이 걱정되어서?
 "언니, 일 년에 옷 몇 벌 사요?"
 "한 쉰 벌 정도. 협찬받는 옷도 많아."
 "우리 오빠는 옷 사는 돈을 제일 아까워해요."
 명품 향수를 뿌리고 명품 구두, 명품 옷 등을 입고 있는 화령은 절대 위드의 이상형이 될 수 없었던 것!
 "그럼 나는?"
 이리엔이 맑게 웃으면서 물었다.
 유린과는 귓속말 등을 통해서 친해져 있었기에 반쯤은 장난삼아 물은 것이었다.
 페일과 제피는 묵묵히 고개를 끄덕였다.

이리엔이라면 남자들이 싫어할 수 없으리라. 헌신적이고 착하고 검소하고 여성스러운 성격에, 외모 또한 예뻤다.

"언니도 이상형은 아닐걸요."

"왜?"

"착한 성격 때문에 나중에 사기라도 당할 것 같다고 싫어할 거예요."

"……!"

로뮤나도 물었다.

"나는 어떠니?"

"언니는 똑 부러지고 야무진 성격이니까……. 근데 전공 때문에……."

"내 전공이 어때서?"

"음대생이잖아요. 우리 오빠는 음악 하면 돈 많이 든다고 싫어하거든요."

예체능 계열에 대한 뿌리 깊은 편견!

화령이 시무룩하게 말했다.

"도대체 이상형의 여자가 있기는 한 거야?"

"우리 오빠는 사실 이상형은 생각도 안 할걸요. 취향 같은 것도 잘 모르고, 그냥 마음만 맞으면 될 거예요."

"좋아하는 마음이라."

유린은 다인을 보면서 말을 이었다.

"제 생각에 사실은 다인 언니가 오빠의 이상형에 가장 가까울 것 같아요."
"왜?"
다인이 즐겁게 웃었다.
언젠가 천공의 섬 라비아스의 동굴에서 사냥할 때 위드가 그녀에게 말한 적이 있었다.

― 네가 내 이상형이야.

무수히 많은 밀담들을 나누던 그때에, 이상형이란 말도 들었던 것이다.
"정말 말해도 될지는 모르겠지만……."
"괜찮아. 말해 봐."
"언니, 긴 생머리인데 어떻게 관리해요? 미용실에 자주 가세요?"
"아냐. 원래 머릿결이 좋은 편이라서 몇 년째 그냥 쭉 기르고 있어."
"반지나 귀걸이, 액세서리 싫어하죠?"
"응. 금속류의 거추장스러운 거 착용 안 해."
"역시! 옷도 수수하게 입는 걸 좋아하는 편이죠?"
"마트에서 주로 사 입어. 이월 상품들로만!"
외모상으로 완벽한 위드의 이상형!
다인도 대답을 하던 와중에 그 사실을 깨닫고 안색이 창백하게 변했다. 도대체 왜 위드가 그녀에게 참 예쁘다고, 이상형이라고 말했는지 그 이유를 알 수 있었기 때문이다.

 위드는 야만족들과 함께 전광석화처럼 성벽을 점거했다.
 언데드들이 이미 요새 안쪽까지 밀고 가서 성벽은 비어 있는 상태!
 위드는 하이 엘프 예리카의 활을 꺼냈다.
 "바람의 정령!"
 바람의 정령이 지원해 주는 화살은 눈 깜짝할 사이에 날아서 암흑 기사의 머리를 꿰뚫었다.
 사르미어 부족이 외쳤다.
 "우리도 화살을 쏴라!"
 "화살통이 전부 빌 때까지 사격해! 우리 사냥꾼들이 활약할 때가 왔다!"
 사르미어 부족의 사냥꾼들이 활을 꺼내서 쐈다.
 두 발, 세 발의 화살을 한꺼번에 쏘는데도 백발백중!
 높은 곳에서 아래로 쏘아 대는 화살들로, 공성전의 이점을 역으로 이용하는 것이었다.
 위드는 암흑 기사들만 집요하게 노렸다.

-암흑 기사 벤슨을 화살로 제압했습니다.
경험치를 획득하셨습니다.

 밑에 바글바글하게 몰려 있는 암흑 기사들을 향한 화살 공격.
 뷔페에서도 맛있는 음식에 먼저 손이 가기 마련이다.
 "고기 뷔페에서는 무조건 삼겹살이나 불고기지!"
 빨리 익는 고기들로 배를 채워야 된다.
 위드는 월급을 받으면 여동생과 함께 고기 뷔페에도 갔다. 구역질이 치밀 정도로 잔인하게 고기를 먹고 일어선다.
 배가 불러서 걸음을 떼기 힘들 때의 포만감. 그때의 기억만큼 아름답고 평화로웠던 게 없다.
 위드의 청소년 시기의 보석 같은 추억들.
 "몬스터들이 널려 있구나!"
 충분히 뷔페를 떠올릴 수 있는 상황이었다.
 지친 적들을 공략하면서 올리는 경험치와 공적치!
 일반 병사들은 화살 값도 안 나오니 가급적 피했다. 굳이 위드가 맞히지 않더라도 사르미어 부족의 화살들이 비처럼 쏟아지고 있었다.
 "적들이 나타났다."
 "화살을 막아야 하는데……."
 엠비뉴 교단의 군대는 위드와 사르미어 부족에게 반격을

가하고 싶었지만 언데드 군단이 막고 있어서 엄두도 낼 수 없었다.

성벽 위라는 천혜의 지형에, 언데드 군단의 머리 위를 넘어서 화살을 날린다.

언데드의 본의 아닌 보호를 받고 싸우는 셈이었다.

이처럼 예측하지 못한 화살 공격으로 인해 엠비뉴 병사들의 피해가 속출했다.

죽은 병사들은 순식간에 언데드로 되살아난다.

기하급수적으로 증가하는 언데드들.

팽팽하던 전투의 균형이 일시에 깨지면서 언데드 군단이 밀어붙이는 모습이었다.

베자귀 부족의 용사들이 칼로 방패를 두들겼다.

"우리도 싸우고 싶다."

위드는 묵직하게 고개를 끄덕였다.

지금의 상황은 화살만으로는 해결할 수 없었기 때문.

엠비뉴의 군대가 많이 약화되었을 때 끝장을 봐야 했다.

"사르미어 부족 일백을 주겠다. 그들과 함께 우선 내성으로 향해라!"

"내성?"

"성벽을 우회해서 안쪽 성으로 들어가라. 아마도 그곳에는 엠비뉴 교단의 마법사와 사제 들이 있을 것이다. 그들을 죽여라!"

위드는 조각술을 하면서 단련된 관찰력으로 인해서 요새의 구조를 대충이나마 파악했다.

엠비뉴 교단이 아직까지도 견고하게 버틸 수 있는 근본적인 힘은 사제들 때문이다. 신성 마법과 회복 마법에 의하여 병사들이 힘을 내서 싸운다.

그들이 쉬고 있을 장소를 급습해야 했다.

그러면 더 이상 병사들의 회복이 이루어지지 않을 테고, 이무기와 언데드들의 독기도 막지 못하여서 무너질 것이다.

아마도 암흑 기사들이 사제들을 보호하고 있을 테지만, 베자귀 부족이라면 믿을 만했다.

"마법사와 사제 들이 어디 있는지 알지 못하는데."

"사르미어 부족의 추격술이 도움이 될 것이다. 누렁이 너도 따라가."

세 부족의 특성까지도 감안해서 내리는 명령.

"누렁아, 네가 선두에서 길을 열도록 해."

음머어어어!

데스 나이트 반 호크를 소환하여서 지휘를 맡기고 싶었지만, 바르칸 데모프가 근처에 있는 이상 그를 부를 수는 없다.

원래 주인이 있는 장소에서 훔친 물건을 사용하기는 껄끄러운 진리.

게다가 반 호크가 바르칸에게 돌아가 버리겠노라고 나서기라도 한다면 굉장한 손실이 아닐 수 없다.

"우리에게 맡겨 줘서 고맙다."

"내성으로 간다."

베자귀 부족은 사르미어 부족의 사냥꾼들, 누렁이와 함께 성벽을 달려서 내성으로 진입했다.

누렁이의 시선!

성 내부에 걸려 있는 오래된 그림과 장식, 가구 들이 불에 타고 있었다. 경비병들과 광신도 무리가 불을 끄기 위해서 물을 뿌리는 중이었다.

음머어어어.

누렁이의 순박하던 눈동자에 분노와 짜증, 불쾌함이 어렸다.

누구는 비를 피할 축사도 없이 가난한데, 이렇게 크고 웅장한 성을 지어 놓고 살다니!

호전적인 눈빛으로 변한 누렁이가 바닥을 파헤쳤다.

미친 소가 된 누렁이는 전투마들의 속도를 훨씬 능가했다. 실제로 꽤 높은 레벨에 비해서 가진 능력이라고는 질주와 지치지 않는 지구력밖에 없다고 할 수 있었던 것이다.

파바바바바박!

예술품들이 걸려 있고, 불길이 휘감고 있는 복도를 내달리는 누렁이.

"미친 소다!"

"우리의 신전에 소 따위가 들어오다니! 어서 도축을 해

버려!"

"제물로 바쳐야겠다."

누렁이는 창을 들어 견제하는 광신도들과 경비병들을 머리로 받아 버렸다.

체중을 실어서 공격하는 황소의 전투 방법.

음머어어어!

누렁이가 울부짖으면서 길을 열었다.

미친 소 상태에서는 눈에 보이는 게 없었으므로 보이는 족족 머리로 받아 버리며 돌격한다.

소 머리 올려치기, 옆발 차기, 돌려 차기, 뒷발 차기까지 하는 엄청난 황소의 공격력!

온순하던 누렁이를 상상하지 못할 만큼 잘 싸웠다.

위드에게서 떨어지자 누렁이의 내숭이 완전히 사라진 것이다.

베자귀 부족과 사르미어 부족 일부는 그 틈을 타서 광신도들을 쉽게 제압했다.

엠비뉴의 병사들은 죽어도 다크 룰 마법에 의하여 언데드로 되살아난다. 언데드까지 처리해야 했기 때문에 전진하는 시간은 만만치 않게 걸렸다.

바르칸이나 페이로드, 킹 히드라, 블랙 이무기 등이 요새의 중앙 공터에서 격전을 벌이고 있어서 폭음으로 내성의 벽이 흔들리는 일도 잦았다.

정리가 끝난 장소에는 사르미어 부족의 사냥꾼들이 함정을 설치했다.

엠비뉴의 병사들은 내성의 통로를 통해서 이동하거나 뒤쫓아 오다가 큰 피해를 입어야 했다. 사르미어 부족의 함정 설치 기술이 내성에서 유용하게 쓰이고 있는 중이었다.

사제 대기실은 사르미어 부족이 발견했다.

"적들의 침입이다."

사제들과 암흑 기사, 병사들이 항전했지만, 베자귀 부족은 큰 피해를 입으면서도 1명도 남겨 놓지 않고 깨끗하게 제압했다.

암흑 기사들은 숫자가 줄 만큼 줄어 있었고, 무엇보다 사제들의 신성력이 다했다.

지쳐 있는 기사들은 방패를 들 힘도 없어서 원거리의 화살 공격에 속수무책.

사르미어 부족의 화살 공격과 베자귀 부족의 용맹한 돌진으로 끝을 낼 수 있었다.

엠비뉴 교단의 사제들 200여 명이 살육당하면서, 더 이상 여유 병력이 남지 않게 된 것이다.

위드는 야만족들과 함께 엠비뉴 교단의 병력을 향해 화살을 쏘면서 톡톡히 성과를 올렸다.

 늘어난 언데드 군단은 성의 중심부로 달려가고 있었다.

 스켈레톤과 데스 나이트 들의 질주.

 "바르칸과 함께 싸울 셈이로군."

 성의 중심부에서는 바르칸, 킹 히드라, 이무기, 페이로드 등이 대혈투를 벌이고 있다.

 언데드들은 바르칸의 명령에 따라서 킹 히드라와 이무기, 페이로드 등을 향해서 덤볐다.

 어느 한쪽이 수세를 보일 때도 있었지만 쉽게 승부가 나지는 않았다.

 킹 히드라와 이무기, 바르칸은 상처를 입어도 매우 빨리 회복해 버린다. 생명력과 방어력도 높다.

 대신관 페이로드의 경우에는 신성 보호막 때문에 웬만한 공격들은 그대로 중화해 버린다.

 바르칸과 이무기의 마법도 중화하고, 언데드들은 근처에도 가지 못한다.

 킹 히드라는 머리를 뻗어서 사방을 공격하느라 집중이 이루어지지 않았다.

 "이대로라면 끝도 없겠어."

 위드는 결단을 해야 할 시점이 되었다고 생각했다.

 천하사분지계의 단점은, 한쪽이 약해지더라도 다른 쪽으로 공격이 집중되어서 결판을 내기 어렵다는 점이다.

"시간이 없다. 더 오래 끈다면 누가 먼저 무너질지 몰라. 페이로드도 버티지 못하겠지만, 바르칸이 승리하거나 이무기가 남았을 때에는 정말 처치 곤란하지."

바르칸의 언데드 군단이나 비행하며 마법을 펼치는 이무기, 높은 생명력을 가진 킹 히드라와 싸우기란 매우 까다롭다.

이무기의 날개가 꺾인 지금이 기회였다.

위드는 안식의 동판을 꺼냈다.

"죽. 음. 의. 선. 고!"

녹슬고 깨져서 금이 간 동판에서 암흑의 기운이 몰려나오더니 요새 내부로 향했다.

내구력이 떨어져 있으니 여러 번 사용할 수는 없다.

위드는 킹 히드라, 대신관 페이로드, 리치 바르칸, 블랙 이무기를 향해 골고루 선고를 내렸다.

그들의 이마에 검붉은 낙인이 찍혔다.

-킹 히드라에게 죽음의 선고를 내렸습니다. 하루 동안 생명력 회복과 신체 재생 능력이 봉인됩니다.

-대신관 페이로드에게 죽음의 선고를 내렸습니다. 하루 동안 생명력과 마나 회복, 체력 회복이 되지 않습니다.

-리치 바르칸 데모프의 생명력 흡수, 마나 흡수 능력이 하루 동안 봉인됩니다.

-이무기 프레이키스의 생명력 회복과 마나 회복이 하루 동안 이루어지지 않습니다.

-안식의 동판 내구도가 4 남았습니다.

생명체들에게는 치명적인 제약을 가하는 죽음의 선고!

그 대가로 안식의 동판의 내구도는 깨지기 직전의 상황이 되었다.

위드는 안식의 동판을 다시 사용했다.

"훼손된 망자들이여, 너희의 진정한 주인을 따르라!"

엠비뉴 교단의 하수인이 되어서 언데드와 킹 히드라 등과 싸우던 마물들!

마물들이 반란을 일으켜서 페이로드의 말을 듣지 않았다. 안식의 동판으로 인하여 위드의 명령을 따라 페이로드의 주변을 지키는 엠비뉴 교단의 병사들을 공격했다.

-안식의 동판 내구도가 3 남았습니다.

검붉은 낙인이 찍힌 이무기나 킹 히드라, 리치 바르칸 등은 막대한 손실을 입어야 했다.

리치 바르칸은 생명력과 마나 흡수가 끊어져서 무한에 가까운 마법 공격을 퍼붓지 못하게 되었다.

가장 큰 타격을 입게 된 것은 아무래도 킹 히드라였다.

킹 히드라는 9개의 머리를 움직여서 목표물을 잡아먹고

독을 뿜어낸다. 하지만 거대한 몸통은 거의 움직이지 않아서, 많은 공격을 허용하고 있었다. 엠비뉴의 병사나 언데드들이 휘두르는 창과 칼이 찌르고 베어도 금세 아물었는데, 더 이상 회복되지 않았다.

- 크아아아아아아!

킹 히드라의 비명이 요새를 쩌렁쩌렁하게 울린다.

마물들까지 전향하면서, 요새 안은 피아를 구분할 수 없는 대혼전의 상황으로 접어들었다.

"성공이군."

위드는 안식의 동판을 사용할 때만 해도 조마조마한 마음을 감출 길이 없었다.

깨지기 직전의 동판이 불량품은 아닐지.

세상에는 겉만 멀쩡하고 속은 믿지 못할 짝퉁이나 불량품이 1~2개가 아닌 것이다.

사용도 해 보기 전에 파손되어 버리면 어떻게 하냐는 걱정!

"역시 저렴하게 이용해 보는 맛이 있군."

안식의 동판을 사용하고 나서야 안심이 되었다.

그러나 방심은 금물!

요새의 탑들을 무너뜨리면서 거대한 생명체가 덤벼들었다.

킹 히드라.

이 모든 사건의 원흉이라고 할 수 있는 위드를 발견하고 공격해 오는 것이다.

-너를 죽이겠다.

언데드들을 주렁주렁 매단 채 굉장한 기세로 덤벼 오는 킹 히드라.

위드는 혀를 찼다.

그새 견적이 상당히 하락해 있었다.

"가죽은 제값을 받기 힘들겠군."

킹 히드라의 머리는 5개밖에 남지 않았고, 몸통도 상처투성이였다. 재생 능력이 떨어지고 난 이후로 이무기에게 물어뜯기고 바르칸의 저주에 휩싸여서 정상적인 상태가 아니다.

빈사 직전의 초대형 몬스터.

이에 비해서 위드는 불사조와 빙룡이 건재했고, 야만족들도 5,700명이 넘게 남아 있다.

위드가 손을 들었다.

"화살 공격!"

사르미어 부족이 킹 히드라를 향해 화살을 쏘았다. 나선형으로 끝이 뾰족하게 갈려 있는 화살들이 빙글빙글 돌며 관통력을 높였다.

-캬아아아아!

수천 발의 화살 공격을 맞은 킹 히드라가 울부짖었다.

결국 위드는 선언했다.

"너는 중고 가격도 포기했다."

킹 히드라의 가죽은 두껍고 무겁다. 그러면서도 귀한 편이라 가죽 갑옷을 만들 때 잘 쓰이는 소재는 아니다.

사제나 정령술사, 소환술사, 마법사 들이 묵직한 킹 히드라의 가죽을 입고 싸울 수가 없는 것이다.

방어력도 미스릴을 섞은 철판 갑옷보다는 떨어져서 거래가 쉬운 품목은 아니었다.

"기껏해야 겨울용 양말이나 만들면 적합할 소재. 모두 공격해라!"

위드는 잔인한 명령을 내렸다.

빙룡이 대뜸 날아들어서 킹 히드라의 목덜미를 물어뜯었다.

수백 미터나 되는 거구!

빙설의 폭풍이 모이고 뭉쳐서 만들어진 천연 얼음덩어리를 통째로 조각해서 탄생한 빙룡이 묵직한 무게로 킹 히드라의 돌격을 저지했다.

사르미어 부족의 화살과, 임무를 완수하고 돌아온 베자귀 부족의 칼질, 레키에 부족의 주술 공격들이 킹 히드라를 두들겼다.

- 야만족들! 너희 따위가 감히!

그럼에도 킹 히드라는 용맹하게 날뛰었다.

빙룡에게 묶여 있는 동안에도 꼬리를 휘두르며 머리들을

쏘아 내서 야만족들을 집어삼킨다. 빙룡의 몸을 머리통으로 칭칭 감고 누르기까지 했다.

괜히 초고레벨 보스 몬스터가 아닌 것이다.

레벨 500대가 훨씬 넘는 그는, 이무기와의 싸움에 바르칸의 저주, 엠비뉴 교단의 공격에도 버텼었다.

위드는 잠시 기다렸다.

'저렇게 버텨 봐야 얼마 못 가서 죽겠지.'

일단은 하이 엘프의 활을 꺼내서 쏘기만 했다.

킹 히드라는 중간 과정일 뿐, 아직도 싸워야 할 대상이 많은데 전력을 쏟아붓기 애매했던 것이다.

죽음을 거부할 수 있는 힘에 의해 살아나는 것도 한 번뿐이니 안전한 방법을 택하려고 했다.

지쳐 있는 킹 히드라가 알아서 죽기만을 기다릴 뿐!

베자귀 부족이 100명 넘게 잡아먹혔다.

-너희 따위가 나를 죽일 수는 없다!

킹 히드라가 사납게 포효했다.

5개의 머리들이 하늘을 향해 입을 벌리고 고함을 지른다.

몸통에는 수천 발의 화살이 빼곡하게 꽂혀서 고슴도치나 다름없고 상처들이 벌어져 있는데도 죽지를 않는 것이다.

"역시… 그런 것이었나?"

위드는 굴하지 않는 몬스터의 위용에 혀를 찼다.

킹 히드라의 전설.

베르사 대륙의 기록서에 따르면, 킹 히드라는 9개의 머리를 다 자르기 전에는 절대 죽지 않는다고 한다.

지금은 5개의 머리가 남아 있으니 그 머리들을 다 잘라야 한다는 것.

"그렇지만 킹 히드라의 생명력에도 한계는 있지."

죽음의 선고로 인해, 잘려 나간 머리통이 복원되지 않는다. 9개의 머리통을 단숨에 자르기는 정말 어렵겠지만, 지금은 불가능한 게 아니다.

위드는 빛의 날개를 펼치고 킹 히드라의 전면을 향해 날았다.

-캬오!

킹 히드라가 머리를 뻗었다.

커다란 입과 무쇠도 씹어 먹을 것 같은 굵은 이빨이 보인다. 강한 산성의 침이 뚝뚝 떨어져서 바위를 녹인다. 목구멍을 통해서 넘어간다면 영락없이 죽은 목숨.

"주인, 피해라!"

빙룡이 의사를 전달했다.

킹 히드라와 몸싸움을 벌이는 도중이라서 위드를 구해 줄 수 없었다.

"주인님, 위험합니다!"

"어서 피하십시오!"

"우리가 돕겠습니다!"

"돌아와라, 주인!"

불사조들과 누렁이의 의지들도 속속 전해진다.

한결같이 위드를 걱정하고 있었다.

지금까지 조각품들이 아는 위드란, 갈구고 괴롭히고 정작 전투가 벌어지면 떡고물만 쏙쏙 빼먹는 정도!

엠비뉴 교단의 추격대와의 싸움에서는 다른 모습을 보여주기도 했지만, 정면 승부를 벌인 탓에 목숨의 위기를 넘기기도 했다.

생명력과 마나의 한계상 어쩔 수 없는 일이었지만, 그 때문에 빙룡을 제외한 조각 생명체들은 위드를 보호해야 할 대상으로 여겼다.

'이건 내 싸움이야.'

위드는 날개를 접고 공중에서 뚝 떨어졌다.

킹 히드라의 머리통을 피한 그는 빙룡의 곁으로 다시 날아갔다.

-캬오오오오!

킹 히드라의 머리통들이 살모사처럼 움직이면서 위드를 노린다.

분노한 4개나 되는 머리통들이 위드를 향해서 쏟아지는 것이다.

빙룡이 날개를 펼치면서 저지하려고 했지만 2개나 되는 머리들이 위드를 위협했다.

위드는 공중에서 날면서 아찔하게 그 머리통들을 피했다.

불과 1미터나 2미터의 여유도 없다.

거리가 가까운 탓에 미리 짐작하고 피하지 않는다면 불가능한 몸동작.

"빙룡아, 해야 될 일이 있다."

빙룡은 킹 히드라의 목덜미를 문 채로 의지를 전달했다.

"이 급한 마당에 무슨 일이냐, 주인."

"머리통들을 놔줘."

"그러면 주인을 노릴 것이다."

"괜찮아. 어서 놔줘."

빙룡은 위드를 믿었다.

북부에서 함께 전투를 하고 본 드래곤을 사냥한 것도 위드가 없었다면 불가능했으리라.

킹 히드라는 머리통들이 자유로워지자마자 강한 적개심을 가지고 위드를 공격했다. 바로 앞에 있는 빙룡보다는 원흉인 위드가 주적이었다.

-키야오!

킹 히드라의 위협적이고 현란한 공격들.

위드는 가까이 밀착해서 그 아찔한 공격들을 피해 냈다.

빙룡과 킹 히드라의 몸통의 아랫부분을 지나고 겨드랑이를 통과하면서 회피했다.

그렇게 다 피하고 나니 킹 히드라의 길쭉한 5개의 목들이

고성능 세탁기로 돌린 빨래처럼 엉켜 있었다.
 위드는 빨래방에서 아르바이트했던 경험을 떠올렸다.
 10만 원이 넘는 좋은 옷들을 잔인하게 자동 세탁하던 무지한 사람들!
 피죤만 넣으면 뭐든 다 해결되는 줄 아는 커다란 착각!
 "빨래는 역시 손빨래가 최고지."
 위드는 목덜미에 앉아서 검을 치켜들었다.
 "축복!"
 착용하고 있는 프레야의 대신관의 반지에 빛이 어리더니 온몸을 덮었다.

―대신관의 축복을 사용하셨습니다. 20분 동안 육체적인 능력이 강화됩니다.

 유지시간은 짧지만 결정적인 한때를 위한 축복.
 하급 악마 아이스 데몬을 베었다는 명검이 히드라의 목덜미로 떨어졌다.
 "소드 카이저!"
 최강의 공격 기술.
 위드의 검이 실타래를 자르듯이 엉켜 있는 킹 히드라의 목을 갈랐다.
 물론 굵은 가죽은 한 방에 베이지는 않았다.
 "소드 카이저!"

일점 공격술에, 장작을 패듯이 검을 내리친다.

"열 번 베어 안 잘리는 모가지 없다!"

위드는 생명력과 마나를 아끼지 않고 쓰면서 킹 히드라의 목을 쳤다.

빙룡의 거체에 묶여 있는 킹 히드라의 목들이 푸른 피를 뿜어내면서 하나씩 잘려 나갔다. 그리고 다시 되살아나지 못했다.

킹 히드라의 목 9개가 모두 떨어지고 난 후였다.

-레벨이 오르셨습니다.

-레벨이 오르셨습니다.

-노프렌 늪지를 장악하고 있던 흉포한 몬스터 킹 히드라가 영원한 안식에 들어갔습니다.

-위대한 업적으로 인하여 명성이 350 올랐습니다.

-힘이 3 상승하셨습니다.

-체력이 10 상승하셨습니다.

상처투성이의 킹 히드라를 마무리만 했는데도 2개의 레벨이 올랐다.

위드는 물론 해야 할 일도 잊지 않았다.

전리품들을 챙겨야 하는 것.

-대형 사파이어 크리스털 원석을 획득하셨습니다.

-형체를 알아보기 어려운 깃털 모자를 획득하셨습니다.

-소피아의 거창을 획득하셨습니다.

-오래된 금화 3,140개를 얻었습니다.

 보통 금화들은 1골드와 같은 비율로 교환된다. 하지만 오래된 금화는 골동품적인 가치까지 있었다.
 "나쁘지 않은 수익이군."
 다른 아이템들도 확인해 보아야 하지만 아직은 전투가 끝난 게 아니다.
 "누렁아, 이리 와!"
 위드는 누렁이를 부른 후에 조각칼을 꺼냈다.
 샥샥샥.
 킹 히드라의 가죽을 조심해서 들어내는 손놀림!
 흠집이 많은 가죽이라고 해도 따로 쓸모가 있을지 몰라서 챙겨 두는 것이다.
 위드는 심지어 킹 히드라의 머리통도 챙겼다.

-킹 히드라의 잘린 머리 #1을 획득하셨습니다.

 머리 5개!
 보통 몬스터의 사체는 쓸 수 있는 부분만 남기고 사라지기 마련인데 그대로 남아 있어서 일단 줍고 본 것이다.

킹 히드라의 가죽과 거대한 머리통들은 누렁이가 끌도록 만들었다.

"역시 몬스터가 크니 얻을 것도 많군."

어부가 고래를 낚았을 때의 기쁨이 이럴 것이다.

다 늙은 노인이 고래를 낚은 이야기.

거친 풍랑을 만나고, 상어들의 습격 등으로 인해서 바다에서 고래의 살점들을 잃어버리고 육지로 돌아왔다는 명작 소설도 있다.

얼마나 아쉬움이 컸으면 세계인의 심금을 울릴 수 있었겠는가!

전장의 사령관

위드와 야만족 무리, 빙룡과 불사조는 휴식을 취했다.

원래의 계획대로라면 공적치나 전리품을 위해서라도 사냥감을 더 많이 노렸으리라.

하지만 사르미어 부족이나 베자귀 부족의 체력이 떨어지고, 레키에 부족은 정신력 고갈로 실신까지 했기에 부득이한 휴식이었다.

위드는 붕대를 들고 베자귀 부족 사이를 뛰어다니며 치료에 나섰다.

"붕대 감기!"

상처 부위를 꽁꽁 감싸 주는 정성의 손길.

헌신적인 성자라서가 아니라, 전쟁터에 더 끌고 데려가기 위함이었다.

하지만 준비해 두었던 약초들은 금세 동이 났다.

베자귀 부족의 용사들은 덩치가 산만 한 데다 큰 부상이 많아서 어쩔 수가 없었다.

"누렁아, 약초가 모자라다. 침 좀 뱉어 봐!"

약초 대신 황소의 걸쭉한 침.

그렇게 부대를 추스르고 나서 다시금 전진했다.

바르칸과 이무기, 페이로드의 싸움은 종반을 향해 치닫고 있었다.

-키야오오오오오!

"너를 죽여서 언데드로 만들겠다."

"엠비뉴의 성스러운 땅을 더럽힌 너희를 단 하나도 용서하지 않으리라."

상대를 향한 강한 적개심으로 처절한 전투를 벌이고 있는 그들.

바르칸의 로브는 찢어져서 백골이 고스란히 드러나 있다.

대륙을 피와 시체로 뒤덮었던 고위 몬스터!

하지만 성검이 가슴에 꽂혀서 힘이 제약받고, 죽음의 선고로 인하여 생명력과 마나 흡수도 불가능하게 되었다. 초라한 신세가 되었다고 할 수 있었다.

"사악한 언데드여, 네가 잠들어야 할 장소로 돌아가라. 턴 언데드!"

언데드 정화 마법!

엠비뉴 교단의 사제들이 펼치는 턴 언데드 마법이 바르칸에게 집중되었다.

"아직… 이곳에서 할 일이 남아 있다. 살아 있는 생명들이 너무 많다."

바르칸은 언데드들을 거느린 군주였다.

언데드들을 지휘하면서 엠비뉴 교단을 척결하려고 했지만 마지막까지 완강하게 버티고 있어서 쉽지 않았다. 더구나 이무기가 마법을 퍼부어 대고 있으니 언데드 군단의 피해도 크다.

바르칸의 육체에 마침내 문제가 생겼다.

가슴에 박혀 있던 성검에서 밝은 빛이 분출되었다.

쩌저저적!

두개골에는 큼지막한 균열이 발생하고, 몸에 두르고 다니던 데스 오라는 얇고 흐릿해졌다.

"이 검의 저주가……."

성검이 바르칸의 마나를 역으로 흡수하는 것이었다.

바르칸의 몸이 태양처럼 밝은 빛에 휩싸였다.

"이… 더 버틸 수가 없구나. 이 검의 저주를 해제하는 날에는 기필코 복수를 하리라."

증오 어린 말들을 남겨 놓고, 더 이상 리치 바르칸도 성검도 남아 있지 않았다.

완벽한 소멸이 아닌 역소환!

리치 바르칸의 육체를 구성할 마나가 남아 있지 않아서 생명력을 봉인해 놓은 라이프 포스 베슬이 있는 장소로 돌아간 것이다.

리치 바르칸이 사라지고 나자 언데드들이 눈에 띄게 약화되었다.

"꾸에엘?"

적을 상대하는 것을 잊고 당황하는 좀비들.

일부 스켈레톤들은 다시 뼈 무더기로 돌아가기도 했다.

둠 나이트들의 데스 오라도 약해져서 엠비뉴 사제들의 정화 마법에 픽픽 쓰러졌다.

날뛰는 유령체들과 무수한 언데드 군단의 방황.

"바르칸이 벌써 떠나다니 아쉽군."

위드는 입맛을 다셨다.

불사의 군단 수장 바르칸은 과연 명불허전이었다. 베르사 대륙의 역사서에 오를 정도의 언데드는 이쯤은 되어야 한다는 것처럼 굉장한 면모를 보여 주었다.

바르칸을 사냥하기 위해서는 그가 만드는 언데드 군단을 감당해야 하니, 웬만한 길드로서는 정말 엄두도 내지 못할 적!

"언데드들을 다루는 능력만큼은 리치 샤이어보다 훨씬 뛰어나군."

하급 언데드들도 대량으로 양산하여서 싸우게 하고, 그들

의 능력을 보조해 준다.

 죽음의 선고와, 가슴에 꽂힌 성검의 제약만 아니었다면 단신으로 엠비뉴 요새를 점령했으리라.

 바르칸을 사냥할 수 있는 기회가 흔할 리가 없다. 휘하의 야만족들을 전부 희생시키는 한이 있더라도 승부를 보았을 텐데, 가 버려서 아쉬울 뿐이었다.

 바르칸이 그렇게 떠났지만 이무기의 상황도 썩 좋지 못했다.

 상처투성이에, 날개가 잘려 날지도 못하는 데다 언데드와 암흑 기사 들이 칼질을 가하고 있다. 활동이 줄어든 이무기의 등 위에서 언데드와 암흑 기사의 전투가 벌어질 정도였다.

 엠비뉴 교단 역시 상황은 이보다 나쁘기 힘들 정도였다.

 남아 있는 사제가 수십도 되지 않았고, 암흑 기사들은 100명도 안 되어서 간신히 언데드 군단을 막고 있을 뿐!

 대신관 페이로드가 신성력을 발산해서 언데드 군단을 밀어내는 덕에 그나마 버티는 수준이었다.

 언데드 군단을 남기고 떠난 바르칸.

 힘을 비축하며 생명력을 남기고 숨을 죽이고 있는 교활한 이무기.

 침입자들을 몰아내려는 엠비뉴 교단.

 이곳에 위드가 야만족과 조각 생명체들을 끌고 들어왔다.

 -원흉!

"천한 인간 주제에 바르칸 데모프 님을 소환하였더냐?"
"네가 이 모든 몬스터를 데리고 온 주범이로구나."
언데드의 대표는 둠 나이트 가운데 일인이었다.
위드는 이 세 무리로부터 맹렬한 비난을 받았다. 하지만 어깨를 활짝 펴고 꿋꿋하게 말했다.
"원래 인기인은 악플을 받는 법이지."
근거 없는 떳떳함!
위드가 이무기를 향해서 말했다.
"네가 더 강했으면 보기 싫은 적들 다 죽일 수 있었잖아. 그렇지?"
-…….
이번에는 둠 나이트였다.
"누가 가슴에 칼 꽂힌 채로 등장하래? 약하니까 바르칸도 역소환이나 당한 거잖아."
그리고 페이로드.
"너랑은 원래 적이었어. 누굴 원망하고 누구한테 억울해하는 거야?"
아전인수!
끝없는 자기 합리화.
"역사는 승자만을 기억하는 법이지. 패자들의 비겁한 변명 따위는 신경 쓰지도 않아. 안 그러냐, 빙룡아."
"주인의 말이 맞다."

비열함에 있어서는 위드나 마찬가지인 빙룡!

"강한 자가 이기는 게 아니라, 이기는 자가 강한 것이다."

"과연 주인이다."

"똑똑하다."

주워들은 격언들을 인용하면서 빙룡과 불사조들의 호응을 이끌어 냈다.

죽음의 선고 유지시간은 아직도 10시간이 넘게 남았다.

하지만 시간을 끌어서 좋을 것은 없는 법!

바르칸이 남겨 놓은 언데드 군단도 수천이나 되고, 엠비뉴 교단의 사제와 페이로드, 이무기까지 있으니 전투는 끝난 게 아니다.

"쓸어버려!"

위드가 전투의 개시를 알리자마자 빙룡이 주둥이를 크게 벌렸다. 참아 왔던 숨을 한꺼번에 토해 내면서 쏘는 아이스 브레스!

순백의 브레스가 이무기와 언데드들이 몰려 있는 장소를 향해 쏘아졌다.

땅을 딛고 있는 채로 그 자리에서 얼어붙어 버린 언데드들.

이무기는 남은 한쪽의 날개로 몸을 감싸면서 막아 냈지만 언데드들은 버티지 못하고 얼음덩어리가 되었다.

브레스의 사정권에 들지 않은 언데드들이 돌격을 해 왔다.

"막아라!"

베자귀 부족의 용사들이 도끼와 망치를 휘두르며 방어에 나섰다. 스켈레톤의 뼈를 부숴 버리고, 좀비들을 도륙했다.

 바르칸의 역소환 이후로 다크 룰 마법도 해제되어서, 언데드 군단은 더 이상 늘어나지 않았다.

 "콜 데스 나이트 반 호크!"

 으스스한 연기와 함께 마침내 등장한 데스 나이트.

 "여기는… 싸워 볼 만한 적들이 많군."

 "그럼 싸워라!"

 데스 나이트는 둠 나이트 다섯과 호각을 이루면서 전투를 벌였다.

 킹 히드라의 머리들이 잘렸을 때부터 KMC미디어는 축제 분위기였다.

 "만세!"

 "해냈다!"

 실시간으로 전송되는 영상을 보면서, 강 부장은 자신의 일처럼 기뻐했다.

 방송의 내용은 통곡의 강에서 조각품을 만들고, 수호 기사들을 데리고 엠비뉴 교단의 의식 방해를 하는 부분을 지났다. 빙룡의 등장에 이르러서 분당 시청률은 이미 27.3%를

넘어서 기록적인 수준이었다.

로열 로드의 게시판에는 조각사에 대해서 물어보는 질문들이 넘쳐 났다.

빙룡의 출연으로 인하여 전신 위드와의 관련성을 물어보는 질문들도 수백 개!

"남은 잔당만 싹 쓸어버리면 되겠구나."

대신관 페이로드만 하더라도 초고위 몬스터였으니 방심할 수 없는 처지!

언데드 군단이나 이무기도 남아 있으니 전투는 끝난 게 아니었다.

위드가 가장 경계하는 건 엠비뉴의 사제들이었다.

"페이로드는 회복이 이루어지지 않지만, 저 사제들이 힘을 되찾으면 위험해!"

죽음의 선고는 대신관 페이로드에게만 영향을 미친다. 암흑 기사와 사제 들은 시간만 지나면 몸 상태를 정상으로 돌릴 수 있는 것이다.

"저들을 제압해야 돼."

엠비뉴 교단을 공격하기 위해서는 밀려드는 언데드부터 정리해야 했다.

"베자귀 부족, 선두에! 사르미어 부족, 중군에 포진하라! 레키에 부족은 후방에서 대기한다!"

위드의 사자후에 따라서 야만족들이 척척 돌격 진형을 갖췄다. 세 부족의 조합을 이끌어 내서 전투에 쓰려고 하는 것이다.

동맹 부족들은 요새를 위한 공성전에는 바람직하지 않은, 피해가 너무 큰 조합이었다.

사제나 성직자도 없으니 근본적으로 소모품으로밖에 여겨지지 않던 동맹 부족들.

그러나 지금처럼 이무기와 킹 히드라가 날뛰면서 부숴 놓은 잔해들이 많은 지형에서는 최적의 효율을 갖춘 조합이 되었다.

"화살과 주술로 타격을 입힌다. 공격!"

사르미어 부족의 화살과 레키에 부족의 주술 공격이 언데드 무리에 작렬.

진형이 흐트러졌을 때에 베자귀 부족이 한 걸음씩 전진했다. 언데드들이 겁 없이 덤벼들었지만 철벽처럼 굳건하게 버텼다.

위드의 날카로운 눈매가 전장 전체를 주시했다.

"고지부터 점령한다. 사르미어 부족은 우측 능선을 일제 사격하라!"

화살의 집중 공격이 지난 후에 베자귀 부족이 지역 점령.

지형을 유리하게 선점하고 방어선을 구축하면서 언데드들을 사냥했다.

"세르피크가 이끄는 부대, 20보 뒤로 후퇴!"

위드는 언데드들을 더 압박하는 대신에 야만족 무리를 전체적으로 톱니바퀴처럼 만들었다.

"베자귀 부족 뒤로 빠지고 사르미어 부족 전면에. 일제사격! 사르미어 부족 오른쪽으로 돌고, 레키에 부족이 주술로 공격하라. 주술 공격이 완료되는 즉시 베자귀 부족 일제 돌격!"

진격과 퇴각을 유기적으로 지시하면서 전군을 살아 있는 생명체처럼 만든다.

부대 전체가 회전하면서 지형에 적응해 신속하게 고지들을 점령하고 이동한다.

높은 체력과 기동성을 바탕으로 한 톱니바퀴 전술.

지휘관을 잃어버린 언데드 군단은 화살과 주술 공격, 베자귀 부족의 도끼 공격에 처참하게 궤멸되었다.

희생을 최대한 줄이는 일반적인 전술처럼 보였지만, 결과로 드러나는 끔찍한 파괴력이 숨어 있었다.

감정이 제거된 언데드들이 아니었다면 공황 상태에 빠져 추가적으로 큰 피해를 입었으리라.

"이길 수 있다."

"우리는 승리한다!"

위드가 이끄는 야만족 부대의 사기는 절정을 달렸다.

"빙룡과 불사조들은 왼쪽을 타격하라!"

빙룡과 불사조들은 언데드들이 뭉쳐 있는 곳에서 활약을 하면서 적들을 흩트려 놓았다. 별동대 역할을 해 줌으로써 언데드들의 신경이 분산되게 하는 것이다.

바르칸이 떠나고 난 이후로 조직적인 지휘 기능이 붕괴된 언데드들을 도저히 어찌할 수 없을 정도로, 속수무책으로 몰아간다.

위드가 지휘하는 야만족 부대는 이 순간 최강의 부대처럼 보일 정도였다.

"부대 분할!"

야만족들은 지능은 낮지만 전투적인 학습 효과는 상당했다. 일반 병사들보다도 빠르게 자신들이 해야 할 일을 찾고, 임무를 수행한다.

위드는 3개의 톱니바퀴로 나누어서 언데드들을 상대했다.

3개의 톱니바퀴들이 서로 엇갈리면서 틈을 만들고, 언데드들이 끼어들면 분쇄해 버린다.

"끼요오오오오!"

"둠 나이트들이여, 전진하라!"

둠 나이트들을 선두로 언데드들이 밀고 들어왔다.

화살 집중, 주술 공격을 버티고 전진하면 어느새 목표로 삼았던 베자귀 부대는 훨씬 뒤로 퇴각해 있다.

톱니바퀴의 중앙에 끼어든 언데드 군단은 전방과 좌우에

서 집중적인 공격을 당하면서 전력이 고갈되었다.

베자귀 부족의 용사들은 정면 승부를 피하면서 체력을 아꼈다. 언데드 군단에 균열이 보이면 그 용맹을 떨칠 기회가 주어진다.

화력의 집중과 방어의 분산, 거리와 지형을 최대로 이용하는 전술!

언데드 무리가 삽시간에 녹아났다.

"길이 열렸다! 가자!"

위드는 누렁이와 함께 언데드들 사이를 달렸다.

목표는 대신관 페이로드!

빙룡과 불사조가 공중에서 호위하고, 톱니바퀴 진형에서 이탈한 400명의 베자귀 부족이 함께 돌격대를 맡았다.

언데드 무리는 소규모로 나뉘어서 더 이상 위협이 되지 못했던 것.

언데드들과 싸우는 동안에 사제들이 상당히 회복했을 테니 조급할 수밖에 없었다.

'암흑 기사들은 얼마 남지 않았었어.'

사제들의 특기인 축복이나 치료 등의 도움을 활용하기에는 암흑 기사들의 숫자가 너무 적다.

베자귀 부족에게 맡겨 놓고 사제들을 친다는 계산!

암흑 기사들이 보였다.

"사르미어 부족 화살 공격! 레키에 부족도 지원하라!"

위드의 사자후가 터져 나왔다.

사르미어 부족이 쏜 화살이, 암흑 기사들이 막고 있는 장소로 비처럼 떨어진다.

레키에 부족의 부적술과 화염 주술 들도 엠비뉴의 사제들을 향해서 사용되었다.

베자귀 부족은 방어벽을 치고 있는 암흑 기사들을 향해 돌진!

축복을 잔뜩 받고 좋은 무기와 방어구를 착용하고 있는 암흑 기사들은 무척이나 강했다. 하지만 베자귀 부족 역시 짧은 도끼를 휘두르며 응전했다.

위드는 누렁이를 탄 채로 암흑 기사들을 스쳐서 그대로 내달렸다.

베자귀 부족에 약간의 피해가 있더라도 그냥 통과할 작정이었다.

대신관 페이로드가 있는 장소를 향해서!

비만형에 배불뚝이인 페이로드가 신성 마법을 외웠다.

"세상 모든 것에 군림하는 엠비뉴 신이여, 저희의 육신을 바치나니 이 땅을 더럽힌 자들에게 지엄한 벌을 내리소서."

페이로드의 최후의 희생 주문.

―엠비뉴 교단의 대신관 페이로드가 스스로의 몸을 바쳤습니다.
엠비뉴 신의 동상이 균열을 일으킵니다.

위드가 고개를 들어 보니 요새의 중심부에 있던 엠비뉴 신의 동상이 무너지고 있었다.

12개의 팔을 가진 신의 동상이 수천수만 개의 파편들로 분해되어서 쏟아진다.

위드와 누렁이는 물론이고 언데드와 베자귀 부족, 사르미어 부족이 전부 공격 범위 안에 들어갔다.

피할 곳도 없이 떨어지는 동상의 파편들.

금속 조각들은 불길한 기운까지 내뿜고 있었다.

수백 미터에 이르던 동상의 크기와 무게를 감안한다면 초대형 재난이었다.

"안 돼!"

위드가 고함을 질렀다.

어떻게 아낀 동맹 부족인데 이렇게 손상시킨단 말인가!

위드야 죽더라도 죽음을 거부할 수 있는 힘에 의해 되살아날 수 있겠지만 동맹 부족은 불과 수백 명도 남지 못하리라.

철근만 한 파편들이 무섭게 낙하하고 있었다.

하늘이 무너지는 것처럼, 피할 공간을 찾아보기 어렵다.

전천후 한우 누렁이도 죽게 되리라.

퀘스트 성공 직전에 끔찍한 피해를 입게 되는 것.

"조각 검술."

위드가 빛의 날개를 펼치고 하늘로 날아올랐다. 그가 들고 있는 데몬 소드에서 환한 빛이 일어났다.

성공 여부에 대한 믿음은 전혀 없지만, 떨어지는 파편들을 검으로 쳐 낼 작정이었다. 어떻게든 누렁이라도 살리기 위하여, 죽는 순간까지 노력해 보려고 했다.

 그때 뜨거운 무언가가 다가왔다.

 "주인님, 저희가 막아 보겠습니다."

 불사조 오형제가 날아와서 추락하는 동상의 파편을 넓은 날개로 감쌌다.

 치이이이익!

 수 미터에 이르는 파편들이 불사조들의 머리와 몸통, 날개에 작렬했다.

 엠비뉴의 부정적인 신성력이 가득 담긴 동상의 파편은 초고열의 불사조들에게도 엄청난 타격!

 불사조가 막는 넓은 범위에 무수히 많은 파편들이 추락하고 있었다.

 −불사조 오가 생명력에 3,859의 피해를 입었습니다. 다른 불사조들의 영향으로 759의 생명력을 복구합니다.

 −불사조 오가 생명력에 10,112의 피해를 입었습니다. 다른 불사조들의 영향으로 1,029의 생명력을 복구합니다.

 −불사조 오가 생명력에 7,326의 피해를 입었습니다. 다른 불사조들의 영향으로 817의 생명력을 복구합니다.

…….

"주인님, 끝까지 지켜 드리지 못해서 죄송……."

-신성력에 의한 극심한 타격으로 불사조 오의 생명력이 완전히 사라졌습니다.

불사조 1마리가 소멸되었다.

생명력이 높고 금세 회복되는 불의 속성을 가진 불사조였지만, 물리력과 신성력을 동반한 파편에 의하여 무력하게 소멸.

-불사조 사가 생명력에 2,905의 피해를 입었습니다. 다른 불사조들의 영향으로 315의 생명력을 복구합니다.

…….

불사조 사도 파편에 의하여 죽었다.

불사조 삼과 이도 무수히 많은 파편들을 견디지 못하고 사라졌다.

위드의 눈앞에서 파편들을 막다가 사라진 불사조 4마리.

이제는 더 이상 불사조 오형제로 불리지 못하게 되었다.

"내 불사조들아!"

위드가 비통하게 울부짖으며 지상으로 떨어졌다.

불사조는 1마리만이 겨우 살았고, 미처 막지 못한 파편들이 동맹 부족들을 덮쳐서 절반이 넘게 희생되었다.
 빙룡이 날개로 둘러싸서 막지 않았다면 피해는 더욱 컸으리라.
 빙룡도 생명력이 삼분의 이 정도로 줄어 있었다.
 그 대신 엠비뉴 교단의 암흑 기사와 사제들, 병사들도 파편에 의해 전멸했다.
 -크라라라라라라라! 내 너희를 징벌할 것이다.
 이무기가 한쪽 남은 날개를 떨쳤다.
 거센 풍압이 흙먼지를 일으킨다. 야만족들이 버티지 못하고 땅을 뒹굴었다.
 남아 있는 적들이 얼마 안 되었다.
 바르칸도 페이로드도 킹 히드라도 없으니 이제는 자기 세상이 되리라는 욕심!
 -어쭙잖은 너희가 나를 감히 나를 소환해? 너희를 모두 죽이고 진정한 드래곤으로 거듭나리라.
 블랙 이무기가 거세게 포효했다.
 드래곤 피어의 위용이, 격한 전투가 벌어졌던 엠비뉴 요새를 휩쓸고 지나간다. 위드와 누렁이, 빙룡 그리고 동족들이 입은 피해로 전투 의지를 잃어버린 야만족들에게 영향을 주었다.
 "으으으, 이대로는 싸울 수 없어."
 "드래곤을 공격해서는 안 돼. 불길한 일이 벌어지고 말

거야."

"애초에 싸움을 시작한 게 무리한 일이었다."

야만족들이 공황에 빠졌다.

> –드래곤 피어에 의해서 신체 능력이 제약을 받습니다.
> 5%의 마비 증상이 일어납니다.
> 부족한 지혜로 스킬 사용이 77% 제약을 받습니다.

위드의 투지에도 불구하고 드래곤 피어에 이 정도의 피해를 입을 정도였으니, 미개한 야만족들은 말할 필요도 없다.

'사자후로 야만족을 추스른다고 해도 사르미어 부족이 아니라면 크게 도움은 안 될 거야.'

험악한 전투를 거치고도 살아남은 이무기는 경험 많은 백전노장이었다.

한쪽 날개를 활짝 펼치는 것만으로도 이쪽 탑에서 저 멀리 있는 탑으로 건너뛴다.

베자귀 부족은 따라잡지도 못할 테고, 다리가 휘청거려서 제풀에 넘어지리라.

마법의 조종이라고 할 수 있는 드래곤에게는 주술 공격도 매우 높은 경지가 아니라면 무용지물.

짝퉁 드래곤이기는 하지만 위드가 상대해 본 몬스터 중에서는 단연 최강이었다.

바르칸도 물론 강하지만, 개체의 위력으로만 놓고 본다면 블랙 이무기만 한 놈이 없다.
'그나마 동맹 부족들을 데리고 싸울 수 있는 기회도 얼마 없다.'
위드는 서둘러 사자후를 시전하려고 했다.
드래곤 피어에 눌려 있던 몸을 강제로 해제하면서 사자후를 시전하려는 순간!
화르르르륵!
불사조들이 소멸되었던 곳에서 새하얀 불길이 일어났다.
화염의 정화.
살아남은 불사조 일이 그 자리로 날아들었다.
꺼지지 않는 불의 속성을 가지고 있는 불사조들. 엠비뉴 교단의 신성력에 의하여 생명력은 사라졌지만 마지막에 불의 정화를 남겨 놓았다.
불사조 일은 부리를 벌려서 그 꺼지지 않는 불의 정화들을 받아먹었다.
점점 날씬하고 우아해지는 육체와 찬란하게 타오르는 깃털들.
황금빛 태양이 뜬 것처럼 눈부시게 아름다워진 불사조 일의 재탄생!

-불사조 일이 성장하였습니다.
 동족들의 생명의 원천을 흡수하며 생명력이 2.8배, 마나가 2.2배 늘어납니다.

-레벨이 67개 올랐습니다.

-꺼지지 않는 불의 속성이 변화하여, 불을 지배할 수 있는 권능으로 바뀝니다.

 산악처럼 넓은 어깨에 큰 머리를 가지고 있던 불사조가 학처럼 날렵하게 변했다.
 불사조가 선홍색 꼬리 깃털을 날리면서 지상에 착지했다.
 그렇지 않아도 엠비뉴 요새는 방화로 인해 불바다였다.
 마구 타오르는 성채를 향해 불사조가 가볍게 눈짓했다.
 그러자 저절로 사그라지는 불길들!
 일대의 불을 지배할 수 있는 권능이 발현된 것이다.
 -내 너희에게 진정한 폭력과 공포 그리고 드래곤을 건드린 참혹한 대가가 무엇인지를 뼛속까지 새겨 주…….
 블랙 이무기가 말끝을 살짝 흐렸다.
 새롭게 탄생한 불사조의 위용이 보통이 아니었던 것이다.
 빙룡에 불사조.
 얼음과 불의 상반된 두 괴수가 눈알을 부라리고 있다.
 몸이 멀쩡한 상태였다면 겁내지 않겠지만 지금은 중증 환자라고 해도 무방할 수준!
 블랙 이무기는 자연스럽게 말을 이었다.
 -새겨 주고 싶은 마음도 없는 건 아니지만 함께 사는 베르사 대륙에서는 약자에 대한 배려와 관심 그리고 평화가 지켜

져야 한다. 무의미한 싸움은 이쯤에서 끝내도록 하고, 급한 일이 있으니 이만 돌아가 보겠다.

블랙 이무기가 몸을 돌렸다.

어딘가 서두르는 게 역력한 기색!

걸음을 채 두 발자국도 떼기 전에 위드가 말했다.

"야, 임마."

블랙 이무기는 무시한 채로 걸음을 옮겼다.

"야, 너 이리 와 봐."

블랙 이무기는 고개도 돌리지 않은 채로 뜻을 전달했다.

-먼저 왜 오라고 하는 건지 말하라.

"어디 가냐."

-집으로 간다.

"너 말 함부로 놓는다? 이리 돌아와."

-제가 바쁜 일이 있어서……

블랙 이무기는 정말 돌아가고 싶지 않았다. 하지만 빙룡과 불사조가 다가오자 원래의 위치로 몸을 돌렸다.

-솔직하게 말해서, 갑자기 소환되어서 정말 열심히 싸웠잖습니까? 그래서 나쁜 놈들도 많이 죽였고 도움도 드렸으니 이제 돌아가려고 합니다.

맡은 일을 마쳤으니 칼퇴근을 하겠다는 블랙 이무기의 합리적인 논리.

양심이 있는 사람이라면 몸을 사리지 않고 도움을 준 몬스

터에게 함부로 대하지는 못하리라.

지능이 뛰어난 블랙 이무기였기에 효과적이고 설득력 있게 상황을 전달했지만 위드는 명쾌하게 잘랐다.

"여기 올 때는 쉬워도, 떠날 때는 내 허락 받고 가야 돼."

-그런 부당한 법이…….

"법은 멀고 칼은 가까운 거지. 이 바닥이 원래 다 그런 거야. 너 드래곤 하트 있지?"

-저 어려서 아직 그런 거 없는데요.

미성년 짝퉁 드래곤!

"있을지도 모르잖아. 가끔 심장 부근이 따뜻하다거나 혹은 힘이 나온다거나 그런 적 없어?"

-어휴, 말도 마세요! 저혈압이라서 아침마다 일어나기 힘들고요, 가끔 호흡도 곤란해지는데…….

"죽어도 여한이 없겠네."

위드는 미리 정해진 대로 결론을 내렸다.

보스급 몬스터를 잡을 기회가 흔치 않은데 그냥 보내 줄 리가 만무한 것이다.

'빙룡도 많이 회복되었을 테고.'

대화로 시간을 끌었던 자체가 빙룡에게 휴식을 주기 위한 것이었던 셈.

블랙 이무기가 섬뜩하게 눈알을 빛냈다.

포악한 몬스터의 본성을 억누르고, 이 정도면 정말 많이 참았다.

　-크악! 모조리 죽여 버리겠다!

이무기가 꼬리를 세워서 빙룡을 후려쳤다.

날카로운 기습이었지만 대비가 되어 있었다.

"조각 검술!"

위드가 검을 들고 덤비고, 빙룡과 불사조도 합공을 취했다. 야만족들도 공황 상태에서 벗어나서 화살과 주술로 지원해 주니, 없는 것보단 훨씬 나았다.

사르미어 부족의 쐐기형 화살촉은 이무기의 피부에 따끔한 맛을 보여 주었다.

이무기는 뒹굴고 뛰어오르면서 엠비뉴 요새의 벽을 무너뜨리고 첨탑들을 부쉈다.

광란의 전투가 벌어진 지 30분 정도가 지나서 빙룡이 이무기의 목덜미를 물어뜯고, 불사조는 부리로 몸통을 쪼았다.

이무기의 장대한 생명력이 바닥을 기고 있을 무렵이었다.

"소드 카이저!"

위드가 이무기의 정수리에 검을 찔러 넣었다.

전투를 통해 알아낸 치명적인 급소였다.

드래곤의 피부를 연상시킬 정도로 단단한 이무기의 비늘조차도 효과적이지 못한 유일한 장소.

　-캬오오오오오.

블랙 이무기의 눈동자에서 급격히 빛이 사라졌다.

-레벨이 오르셨습니다.

-레벨이 오르셨습니다.

-레벨이 오르셨습니다.

-이무기 프레이키스가 긴 수명을 다하고 영원한 안식에 들어갔습니다.

-더없이 높은 업적으로 인하여 명성이 760 올랐습니다.

-전투에 참여한 모든 이들의 스탯이 3씩 오릅니다.

폭군의 귀환

바바리안을 연상시키는 근육질의 야만족들이 무기를 들고 함성을 질렀다.

"이겼다!"

"우리가 힘을 합친 결과다."

"전투를 승리로 이끈 위대한 지휘관 위드여! 만세!"

―새로운 칭호, 이무기를 사냥한 지휘관을 획득하셨습니다.
병사들을 지휘할 때의 영향력이 35% 늘어납니다.
최대 충성도를 향상시키고, 부대를 훈련시킬 때의 효과가 최대 20% 높아집니다.
전투에서 지휘하는 군대의 힘과 기동력이 3% 증가합니다.
이무기보다 낮은 레벨의 몬스터를 사냥할 때, 병사들은 절대 움츠러들지 않을 것입니다.

엄청난 공적에도 불구하고 위드는 그 공을 혼자 차지하지 않았다.

"빙룡아."

"주인, 말하라."

"수고가 많았다. 다 네 덕분이다."

"알아줘서 고맙다, 주인."

　빙룡은 힘든 전투로 몸체에 구석구석 균열이 가고 초췌해진 모습으로 대답했다.

"불사조야."

"예, 주인님."

"형제들을 잃어서 안타깝다. 그 덕에 나도 살 수 있었지만 차라리 내가 죽었으면 좋았을 것을, 가슴이 미어지는 것 같구나. 그래도 네가 다른 형제들의 몫까지 해 주니 안심이 된다. 정말 고생이 많았다."

"앞으로도 충성을 다하겠습니다."

"누렁아."

"말해라, 주인."

"드러나지 않는 곳에서 항상 노력하는 네 모습, 지켜보고 있다. 누렁이, 참 충직하고 유능한 녀석 같으니."

　위드는 누렁이의 머리를 쓰다듬어 주었다.

　돈이 드는 게 아니니 말로 때우며 공을 나눠 준다.

'자고로 신상필벌은 엄격해야 하는 것이지.'

칭찬은 아낄 필요가 없는 법.

물론 이무기에게서 나온 아이템은 독식했다.

-조르디아의 직인을 획득하셨습니다.

-다이아몬드 8개를 획득하였습니다.

-이스렌의 마법 무구 #3을 획득하셨습니다.

이무기가 가지고 있는 아이템은 많지 않았다. 하지만 다이아몬드는 감정 가격에 따라서 최소 1,000골드에서 수만 골드에도 이른다.

"이 정도 다이아몬드라면 대충 1만 골드씩은 받을 수 있겠어."

조르디아의 직인은 지금은 사라진 왕국에 있는 영주의 도장.

소유하고 있으면 명성을 150 올려 준다.

그 외의 골동품적인 가치가 있을지, 혹은 누군가 필요로 하는 퀘스트 아이템일지는 알 수 없다.

"필요로 하는 사람이 있으면 언젠가 경매 사이트에 올라오겠지. 명성은 필요 없으니 돈이 필요해지면 그냥 팔아 버려도 괜찮겠고."

이스렌의 마법 무구는, 유능한 명장이며 인챈터였던 제롬 이스렌의 물품이다.

"감정!"

- 감정에 실패하셨습니다.

마법 지팡이였는데, 위드의 감정 스킬로도 확인이 불가능.

마법사가 직접 감정해야만 가치를 알 수 있는 경우도 간혹 있었다.

"비싼 물건일 거야."

일단은 기대감을 갖고 챙겨 두었다.

킹 히드라를 잡고 나온 소피아의 거창도 좋은 무기였다.

바바리안이나 거인족이 사용하기 적합한 거창으로, 인간들이 쓰는 창보다 훨씬 강력하다. 그러나 레벨 제한이 470이라서 과연 쓸 수 있는 사람이 있을지는 의문이었다.

"경매 사이트에 올려놓으면 누군가는 사겠지."

위드는 전리품들을 챙기고 나서 조각칼을 꺼냈다. 획득할 수 있는 물품은 아직 더 남아 있었다.

서걱서걱!

이무기의 가죽과 고기 등을 더 챙겼다.

재봉사, 요리사의 기술이 동원되면 더 많은 가죽과 고기를 얻을 수 있다. 수작업으로 사체에서 가죽과 고기를 떼어 내는 것이다.

- 이무기의 가죽을 획득하셨습니다.

-이무기의 고기를 획득하셨습니다.

이무기의 가죽 : 내구력 30/30.
생산 스킬 재봉과 관련된 아이템.
궁극의 재봉 재료.
옷이나 장비를 만들기에는 너무 귀한 물건이다. 마나의 힘이 깃들어 있으며 독에 대한 저항력을 갖게 해 주고 암흑 계열의 힘을 증폭시켜 준다.
이무기의 가죽은 보통의 재봉술과 재봉 도구로는 다룰 수 없다.
명장의 반열에 오른 재봉사에게는 더없이 귀한 경험과 명품을 만들 기회가 주어질 것이다.
전투의 흔적이 가죽에 고스란히 남아 있어서 가치가 다소 훼손되어 있다.
물품으로 제작하려면 별도의 수선을 필요로 함.
최상급 재봉 아이템.
옵션 : 암흑 계열의 힘을 증폭시켜 줌.
 마나의 최대치를 20,000 증가시켜 줌.
 독에 대한 저항력을 가져서 쉽게 중독되지 않게 해 준다.
 매우 가벼운 소재.

이무기의 고기 : 내구력 7/7.
음식류.
요리 재료로도 쓰인다.
갓 잡은 이무기의 신선한 살점.
회로 먹어도 전혀 비릴 것 같지 않다.
최상의 영양분을 간직하고 있으며, 스태미너에 큰 도움을 주는 음식.

요리사라면 어떤 음식이든 만들어서 도전하고 싶을 것이다.
지상 최고의 음식을 만들고 싶을 때 그리고 가장 사랑스러운 연인을 위한 요리를 할 때 적극 추천하는 고기.
요리 재료로서 극히 귀하고, 가격을 따지기 어렵다.
맛을 본 사람에게는 더없는 영광이 되리라.
단점으로는 비린내가 조금 있음.
최상품의 고기.
옵션 : 일반적인 방법으로 1킬로그램을 먹었을 때의 효과.
  체력 20 상승.
  생명력의 최대치 120 증가.
  힘 7 상승.
  명성 150 증가.
  미식가의 호칭을 얻는 데 상당한 도움이 됨.
  요리사가 만드는 음식과 기술에 따라서 효과에는 상당한 차이가 생긴다.
  단, 1킬로그램 이상 많은 양을 먹더라도 추가적인 상승은 없음.

최고의 보양식 재료.

이무기의 고기는 어마어마한 분량이라서 따로 보관을 잘 해 두어야 했다.

"드래곤 하트가 없어서 아쉽지만, 그래도 고기가 제법 도움이 되는군."

경황이 없어서 살피지 못했지만 킹 히드라의 고기도 스탯을 약간 증가시켜 주는 효과가 있었다.

요리에 따라서 각종 스탯을 1이나 2씩 올려 주는 효과!

많이 먹으면 입과 몸에 적응되어서 추가적인 효력은 발생하지 않는다. 몸에 영향을 주는 건 단 한 번이라서, 최고의 요리사가 재료를 다루어야 한다.

위드는 이무기의 머리통도 일단 따로 챙겨 놓았다. 그리고 동맹의 증표인 지팡이를 요새의 가장 높은 곳에 꽂았다.

그 순간.

띠링!

> **인도자들의 동맹 (1) 완료**
> 마탈로스트 교단의 이웃들은 뜨거운 의리와 용기로 전쟁을 승리로 이끌었다.
> 엠비뉴 교단의 지파는 이곳에서 사라지고, 이 땅에 새로운 위협이 찾아오기까지 잠시나마 평화를 누릴 수 있으리라.
>
> 시나리오 퀘스트의 2단계 니플하임 제국의 대리인은, 용병 스미스의 두 번째 궁금증 퀘스트와 마탈로스트 교단의 포로 구출 퀘스트가 완료되고 나서 진행됩니다.
> 현재는 퀘스트 진행 요건 부족.

-퀘스트의 보상으로 명성이 3,200 늘어납니다.

-카리스마가 115 증가합니다.

-통솔력이 25 증가합니다.

야만족들이 위드를 바라보는 태도부터 변화가 생겼다.
존중과 경의, 흠모가 진하게 묻어 나오는 눈빛.
위드는 마탈로스트 교단의 죽음의 상을 꺼냈다.
조각상이 수다를 떨기 시작했다.

-헌신적인 인간이여.
그대의 조력으로 인하여 마탈로스트 교단을 핍박하던 대신관 페이로드와 엠비뉴 교단을 몰아낼 수 있었다.
마탈로스트 교단의 명맥은 완전히 끊이지 않았다.
엠비뉴 요새의 지하 감옥에 감금되어 있는 그들을 구하라.
그들이 가지고 있는 경험과 지식은 차후 마탈로스트 교단을 복원하는 데에 큰 도움이 될 것이다.
이 어려운 임무를 완수하기 위하여 예전 마탈로스트 교단의 신전으로 가라. 숨겨진 방에, 원하는 장소로 이동할 수 있는 대형 포탈이 설치되어 있다. 원하는 곳으로 연결될 것이다.

마탈로스트 교단의 포로 구출
통곡의 강을 완전히 제대로 되살리기 위해서는 반드시 마탈로스트 교단의 사제들이 필요하다.
엠비뉴 교단에 납치된 교단의 사제들을 구출하라.
요새의 지하 감옥은 무척 위험한 몬스터들과, 엠비뉴 교단의 실험체들이 자리하고 있는 장소이다. 포로들을 구출하여 안전한 곳까지 데

리고 나와야 한다.
난이도 : B
보상 : 마탈로스트 교단의 공헌도.
  통곡의 강을 정화함으로써 대량의 경험치 획득.
퀘스트 제한 : 포로들이 모두 사망하면 실패.

"포로들을 안전한 곳으로 이끌겠습니다."

-퀘스트를 수락하셨습니다.

 위드가 막 엠비뉴 요새를 점령했을 때쯤에는 KMC미디어의 기술진이 모두 동원되었다.
 "CG 효과 있는 대로 다 넣어 줘."
 "음향팀, 최고의 배경음악 깔아 줘야 돼."
 "카메라팀은 지금 영상 설정이 왜 이 모양이야? 좀 더 박진감 있고 치열한 난전! 킹 히드라나 바르칸이 활약하는 모습을 잡아 주란 말이야. 시청자들이 뭘 원하는지 몰라?"
 욕을 퍼부어 대고 또 먹으면서도 정신없이 돌아가는 분위기.
 시청률이 37%를 넘고 있었다.

위드가 킹 히드라를 퇴치했을 때는 시청자들의 관심이 최절정에 달했다.

-저 사람… 대체 누구인가요?

-모라타의 영주라는 소문이 사실인가요?

-조각사라는데… 조각사가 저런 전투 능력을 발휘할 수는 없습니다.

-조각사가 맞을 거예요. 조각술도 펼쳤잖아요.

-피라미드를 만들었던 그 위드가 확실합니다. 제가 증명할 수 있어요. 잡템이 떨어졌을 때 가늘게 치켜뜨면서 견적을 살피는 저 눈매! 위드가 맞다는 증거입니다.

빙룡의 등장과 데스 나이트 반 호크의 출현.

위드가 짧은 순간 보여 준 발군의 전투 감각으로 인하여 전신이라는 이름도 나왔다.

하지만 방송사에서는 정확한 사실은 공개하지 않았다.

9시간이 넘는 방송 진행에도 신혜민은 여전히 활달했다.

"드디어 킹 히드라의 목이 떨어졌습니다! 9개의 목이 떨어져야 완전한 죽음을 맞이하는 몬스터! 명문 길드들이 덤벼도 감당하지 못했던 몬스터가 이렇게 죽게 되었네요."

이진건은 직접 보면서도 인정하기 어려운 듯 이현을 깎아내리는 소리를 늘어놓았다.

"저 아이스 드래곤 덕분일 겁니다. 본 드래곤과의 전투에

서도 나왔던 신비의 아이스 드래곤. 그리고 등장하기 전부터 매우 많이 지쳐 있었기 때문에 사냥을 할 수 있었던 거겠죠. 혼자 싸운 것도 아니잖습니까. 수천 명이나 되는 야만족들이 지원을 해 주었습니다."

"뭐, 그렇게 볼 수도 있겠네요. 하지만 킹 히드라가 이렇게 죽을 줄은 시청자 여러분도 짐작하지 못하셨을 겁니다. 오주완 씨, 이 전투에 대해서 어떻게 생각하시나요?"

오주완은 고개를 절레절레 저었다.

"터무니없는 전투입니다. 이 퀘스트의 난이도는 지독하게 높아요. 엠비뉴 교단이 이토록 강할 줄이야. 하지만 여기에 킹 히드라와 바르칸 데모프, 이무기를 소환해서 난전을 벌여 버리다니……. 보통 사람은 생각이나 했을까요? 아니, 머릿속으로 떠올리더라도 감히 실천으로 옮기지는 못했으리라 봅니다."

신혜민이 방글방글 웃으면서 반문했다.

"역시 그렇겠죠?"

"예. 베르사 대륙 최상급의 몬스터들이 한자리에 모여서 격전을 벌이는데……. 아마 시청자 여러분도 이런 장면은 처음일 거라 생각합니다."

오주완의 말대로였다.

바르칸과 킹 히드라, 페이로드, 이무기가 보여 주는 화려하고 가공한 전투들은 시청자들을 압도하고 기가 질리도록 했다.

 꿈과 환상도 함께 심어 주었다.

 베르사 대륙에 저렇게 강한 존재도 있다.

 퀘스트와 사냥을 반복하다 보면, 자신도 저런 영웅이 될 거라는 열망이 피어오르게 만든다.

 "저런 두둑한 배포가 어디에서 나오는지! 그리고 그에게 두려움이란 없는 걸까요? 저도 저 주인공을 한번 만나 보고 싶군요."

 오주완은 위드에게 깊은 관심을 드러냈다.

 모든 능력을 동원하여서 싸우고 있는 위드!

 이진건이 강하게 고개를 저었다.

 "운이 좋았습니다. 그리고 여기까지일 걸요. 킹 히드라는 가장 약한 축에 드는 몬스터였고, 나머지는 절대 무리입니다."

 하지만 잠시 뒤에는 바르칸이 역소환되었다.

 이진건이 재빨리 말했다.

 "죽음의 선고가 참 무섭군요. 바르칸처럼 마나 소모가 많은 리치에게는 결정적이라고 할 수 있었죠."

 페이로드가 파멸의 주문을 외울 때에는 박수까지 쳤다.

 "드디어… 과연 S급 난이도 퀘스트는 아직 깨기 불가능한 것입니다. 저 불사조들도 죽는군요. 역시 엠비뉴 교단의 대사제는 굉장합니다."

 하지만 전화위복으로 불사조가 새로운 모습으로 변모하며

재탄생하는 순간.

"어, 어라?"

블랙 이무기가 항전하였지만 빙룡과 불사조 그리고 위드가 제압해 버렸다.

위드가 퀘스트를 완료해 버린 것이다.

"……."

이진건은 막막하게 할 말도 떠오르지 않았다.

오주완도 예상치 못한 충격을 받은 듯이 멍한 기색이었다.

신혜민도 이번만큼은 조용했다.

물론 그녀에게는 원래 믿음이 있었다.

'위드 님이라면 해내실 거야.'

상식으로 설명할 수 있는 부분이 아니라 막연한 신뢰.

그럼에도 정말로 퀘스트를 성공해 버리니 믿기지가 않았던 것이다.

스튜디오에도 정적이 흐를 정도였다.

카메라맨이나 스태프들도, 결과를 미리 전해 듣기는 했지만 영상을 직접 보며 느끼는 충격과 비할 바는 아니었다.

지금 그들의 머릿속에 떠오르는 이름.

'전신 위드'.

시청자 게시판은 물론이고, 로열 로드와 관련된 토론 사이트들에서는 무수히 많은 추측과 논쟁이 벌어지고 있었다.

엠비뉴 교단과 싸우고 있는 사람을 전신 위드로 보느냐 혹은 보지 않느냐의 다툼이었다.

사자후와 데스 나이트, 빙룡.

오크와 다크 엘프를 다루면서 보여 주었던 불사의 군단과의 전쟁.

이 모든 진실들에도 불구하고 논쟁은 치열하기 짝이 없었다.

-위드가 맞습니다. 위드가 전에 치른 전투에서도 데리고 나왔던 몬스터들이잖아요.

-괴성을 지르며 부하들을 통솔하는 건 위드가 사용했던 스킬입니다.

하지만 반론도 만만치 않다.

-단순하게 본다면, 몬스터나 스킬 몇 개가 같다고 해서 전신 위드라고 부를 수도 있을 것입니다. 이름까지 같으니 착각하기에는 딱 좋지 않습니까?

-이성적으로, 논리적으로 설명해 드리지요.

참고로 저는 해외에서 경제학 박사를 마쳤고, 현직 펀드매니저입니다.

전신 위드에 대해서는 알려진 게 상당히 많습니다.

그는 프레야 교단의 성기사 출신으로, 네크로맨서로 전직했죠. 그가 본 드래곤과 싸울 때 사용한 스킬들을 본다면 증명이 끝난 사실입니다.

그런데 이제 와 직업이 조각사라니 말이 됩니까?

네크로맨서라면 당연히 네크로맨서 스킬을 활용해서 싸웠겠죠. 바르칸 소환이 아니라, 직접 언데드들을 일으켜서 요새를 공격했을 겁니다.

―윗분, 정말 중요한 부분을 지적해 주셨습니다. 과연 경제학 박사님답습니다.

저는 조각사 위드에 대해서 말해 보겠습니다.

조각사 위드는 로자임 왕국 출신으로, 시작한 지 1년 육 개월도 지나지 않은 유저로 추정됩니다.

그가 로자임 왕국에서 소소한 조각품들을 만들면서 인기를 끌 때 본 사람도 많습니다. 제 친구도 그에게 조각품을 샀다더군요.

두 사람의 흡사한 면들은 발견되지 않은 공용 스킬이거나 특정한 조건에서 길들일 수 있는 몬스터, 혹은 친밀도로 부릴 수 있는 몬스터일 가능성이 높습니다.

이어지는 반론들.

―조각사 위드가 보여 주는 전투적인 감각은요?

―모라타의 영주 등으로 대단히 뛰어난 유저이기 때문에 오해를 받을 수 있겠지만, 아닙니다. 현재의 뛰어난 전투력은 퀘스트 등으로 인하여 특별히 얻은 건지도 모릅니다.

―그러면 이해가 되는군요.

―전신 위드가 마법의 대륙 계정을 판매하고 나서 1년이나 지나서 조각사 위드가 출연했습니다. 시간상으로 놓고 볼 때도 아니라고 판단됩니다.

전신 위드는 워낙에 유명인이었기 때문에 잘못된 소문도 신빙성을 갖고 광범위하게 퍼졌다.

지금 와 조각사라고 하니 도무지 믿기지 않는 것도 어쩔 수 없는 노릇!

게시판마다 엄청난 논쟁과 물음들이 이어지고 있었다.

막상 전신 위드의 정체가 밝혀질 수 있다는 사실이 시청자들에게는 쉽게 납득되지 않았다. 일반인에게는 전혀 생소한 이름이 되겠지만, 어느새 로열 로드에서도 최고의 인지도를 가지고 있으면서 더없이 신비로운 존재가 전신 위드였던 것이다.

최악의 싸움터만을 찾아다니고, 불가능한 퀘스트를 남겨 놓지 않는다는 전신 위드.

조각사 위드가 여러 비슷한 부분들을 보여 주었다고 해서 갑자기 받아들이기는 쉽지 않았다.

의심과 당혹스러움이 증폭된 상태!

조각사 위드가 전신 위드인지 아닌지가 초미의 관심사가 되고 있었다.

여신 베르사.

가상 현실 로열 로드의 대륙 이름. 덧붙여 모든 것을 관리

하는 중추가 되는 시스템이고, 절대 자아이다.

하늘이 내렸다는 천재 과학자 유병준이 창조해 낸 시스템.

로열 로드는 어떤 오류도 없는 완벽한 가상현실이었다.

새로운 세계 창조라는 전설이, 기적이 이루어졌는데도 유병준은 기뻐하지 않았다.

"이제 겨우 첫발을 떼었을 뿐이야. 그렇지 않으냐, 베르사."

-네. 유병준 박사님의 말씀이 맞습니다.

여신 베르사의 상징물인 초대형 크리스털이 희미한 빛을 내며 대답했다.

다른 과학자들은 3등급 이하의 접속 관리 권한만 있을 뿐, 여신 베르사의 진정한 기능이나 영향력에 대해서는 알지 못한다.

"클클, 여기까지 무려 40년이나 걸렸다. 나의 모든 꿈을 쏟아부은 프로젝트가……."

유병준의 눈이 빛났다.

어릴 때의 유병준은 시골에서 공부를 굉장히 잘하는 아이였다.

"오늘은 3차방정식의 활용에 대해 배워 보겠습니다. 아는 학생?"

"저요."

"근의 공식을 아는 학생?"

"저요."

"피타고라스의정리……."

"저요."

중학교, 고등학교, 대학교의 수학과 과학은 그에게 너무 쉬웠다.

"다음 진도는 언제 나가나요, 선생님?"

같은 반 학생들에게는 가장 밉상인 친구!

집단 따돌림을 당하기도 했지만 유병준은 개의치 않았다.

"멍청한 놈들. 뭉치지 않으면 혼자서는 아무것도 하지 못하는 놈들이."

국내의 학교에 다닐 때부터 유병준은 이미 학계의 유명인이 되어 있었다.

어떤 수학 공식이든 물리법칙이든, 보는 순간 답을 유추해 내었다. 더 진보한 새로운 이론을 만들어서 자신만 아는 법칙들로 정했다.

고등학교부터 각종 경시대회를 휩쓸었고, 국제수학대회에서도 초유의 성적으로 우승했다.

대학교에서는 물리학, 화학, 생명공학, 수학… 논문들을 낼 때마다 과학 잡지의 표지가 그의 몫이 되었다.

세기의 천재.

악마적인 두뇌라면서, 세계의 유수한 연구소에서 천문학적인 연봉을 제시하면서 그를 스카우트하려고 했다.

승승장구하는 줄로만 알았던 인생이었다.

그러던 순간에 최초의 좌절이 찾아왔다.

그에게 처음으로 사랑하는 여인이 생겼다.

데이트를 할 때면 언제나 그녀에게 미안한 마음만 들었다.

"매번 맛있는 거 못 사 줘서 미안해. 상금 받으면 레스토랑이라도 가자."

"괜찮아, 오빠."

해맑게 웃어 주던 그녀.

유병준이 수령한 상금은 결코 적은 금액이 아니었다. 하지만 연구에 필요한 기자재들을 사려면 항상 빠듯할 수밖에 없었다.

남들보다 앞서서 생각하고, 한시바삐 연구를 하려다 보니 돈이 새어 나갈 수밖에 없는 것이다.

다른 사람의 밑에서 일하고 싶지 않았고, 기초과학 부분에 관심이 많았던 유병준에게는 불가피하게 감수해야 할 부분이었다.

"다음 주에 보자. 아니, 다다음 주."

"바빠?"

"응. 내일 실험할 재료들이 들어와서."

"내일이 무슨 날인지 몰라? 내 생일이잖아. 오빠는 실험이 그렇게 중요해?"

"당연히 실험이 중요하지. 다다음 주에 생일 파티 해 줄게. 그때까지만 참자."

실험이나 논문이 있을 때에는 여자 친구를 멀리했다.

가끔 여자 친구를 만날 때에도, 잠깐의 시간을 쪼개서 나온 거라 덥수룩한 머리에 꾀죄죄한 차림새 그대로였다.

"많이 기다렸지?"

약속 시간에 언제나 늦던 유병준.

착하고 사려 깊던 여자 친구는 결국 그를 떠났다.

"나를 정말 아껴 주고… 사랑해 주는 남자를 만나고 싶어."

여자 친구는 유병준이 없을 때마다 대신 그녀를 위로해 주던 남자에게 가 버렸다.

유병준은 이때까지만 해도 크게 낙담하지 않았다.

"연애? 연구 다 하고 천천히 해도 돼."

야심 가득한 젊은 과학자에게 연애란 사치스럽다는 생각도 들었다.

"수상 몇 개만, 논문 실적만 나오면 여자들 정도는……."

유병준은 목표로 했던 일들을 이루어 냈다.

하지만 그녀는 다시 돌아오지 않았다.

다른 여자들을 만날 수 있었지만, 그녀처럼 순수하지 않았고 마음 깊이 사랑하지도 못했다.

유병준은 평생 한 번밖에 찾아오지 않는 사랑을 그렇게 놓

쳐 버렸다.

사랑은 놓치고 나서야 그 진가를 알게 되는 법.

뒤늦게 그녀를 찾아봤지만, 아이까지 낳고 결혼해서 행복하게 살고 있었다.

"사랑? 그런 거야 아무것도 아니야. 성공을 하자. 이 세상에서 제대로 성공을 해 보자."

유병준은 물리연구소에 들어가서 우수한 연구 실적들을 발표했다.

그러면서 쌓여 가는 돈과 영광.

연구소에서 믿는 이에게 치명적인 배반도 당하고, 연구 실적들을 도둑맞기도 했다. 나이를 먹으면서 갈수록 부조리한 세상만을 보게 되었다.

과학에 돈과 권력이 모여들면서 만들어지는 더러운 이면!

"거짓말과 권모술수, 정치. 일개 과학자로서는 할 수 있는 게 없군."

연구소의 소장 자리에 올랐어도, 정치인들에게 허리를 숙이면서 지내야 했다. 상업적으로 가치 있는 기술을 개발하여 기업에 이전해 주면, 달콤한 과실은 대부분 기업의 몫이었다.

유병준의 연구소는 전도유망한 기술들을 속속 개발하고 있었지만 그것으로 무력감과 허탈감을 지우지는 못했다.

"상? 어릴 때부터 많이 탔다. 명예라는 건 부질없는 거야."

지독한 외로움에 시달리던 그는, 진정한 성공을 해 보고 싶었다.

사랑까지 포기하면서 연구에 힘을 쏟았다.

"세상을 바꾸어 놓을 수 있는 기술, 진짜 혁신적인 기술을 개발해 보는 거야. 어떤 제약도 한계도 없는 기술을."

유병준은 연구소의 소장 자리를 내놓고 야인으로 돌아갔다.

처음에는 3년, 4년 정도라면 충분히 할 수 있으리라 여겼다.

하지만 새로운 과제들이 계속 나타나면서 혼자 연구하는 기간이 길어졌다.

무수히 많은 날들을 하얗게 지새우고도 포기할 수 없어서 계속 연구에 매진했다.

무려 40년간의 연구 끝에 만든 새로운 세상.

로열 로드는 그렇게 탄생했다.

파죽지세로 세계의 돈을 끌어 모으고 있는 가상현실. 전무후무한 기업으로 유니콘은 성장을 거듭하고 있다.

어디 그뿐인가.

10여 년 전부터 유병준이 가지고 있던 막대한 금력을 바탕으로 국내 정치인들의 배경이 되어 주고 있다.

물론 유니콘은 정치적인 도움이 필요한 기업이 아니다.

정치인들은 얼굴도 알지 못하는 이로부터 돈을 받으면서, 빚을 쌓아 가고 있다.

여러 정치 단체들이, 사실은 유병준의 대리인에 의하여 관

리되었다.

군인에 대한 후원, 군수 업체에 대한 지분 장악도 여신 베르사의 중요한 기능 중의 하나.

지금 여신 베르사는 영역을 확장해서 유니콘의 광대한 수입을 세계 각지에 투자하고, 집행했다.

어떤 투기 자본도, 정치 세력도 함부로 건드리지 못할 만큼 성장했다.

여신 베르사가 운용하는 거대한 지하 자금과 은밀한 정치 권력을 합친다면 그야말로 못 할 게 없을 것이다.

"클클클."

유병준은 모든 게 계획대로 진행되고 있음에 만족스러운 웃음을 지었다.

40년도 전에 꾸었던 꿈이 이루어지려고 한다.

"이 부조리한 세상에… 나의 법을 세운다."

가상현실을 기반으로 새로운 세계를 창조한다.

사람들은 그 세계에 열광하고 매료될 것이다.

삭막한 도시에서 벗어나 휴양과 모험, 도전을 즐길 수 있을 테니까.

"클클. 그리고 가장 뛰어난 놈이 나타나겠지."

유병준이 창조한 세상에서 범접하지 못할 위엄을 가진 황제가 등장하리라.

"그에게는 내가 마련해 놓은 모든 것들을 물려받을 자격이 있으리라."

그때를 위하여 준비한 것들.

유병준은 베르사를 향해 물었다.

"전투용 안드로이드 개발은?"

-123,020개가 완성되었습니다.

소형, 중형 안드로이드.

비행기보다 빠르며 무기 장착에 있어서 자유롭다.

현대전의 필수품인 안드로이드는 미국과 러시아, 아직 이 두 강국에만 있는 것으로 알려져 있다.

"금융 쪽은?"

-26개의 상업은행을 인수했습니다. 그리고 유사시 106개의 국제은행들을 마비시킬 수 있습니다.

고객 정보 데이터 삭제는 물론이고, 결제 시스템까지 붕괴시킬 수 있는 준비가 되어 있다.

대공황까지도 일으킬 수 있는 부분.

하지만 유병준이 마련한 것은 여기에 그치지 않았다.

그가 가장 신경을 써서 개발해 놓은 부분은 생명공학이었다.

"인간은 나약하고 부족함이 많은 존재다. 큰 잠재력을 가지고 있지만 다 쓰지도 못하지."

생명공학 기술을 이용한 개조!

시력과 청력, 심폐기능, 운동신경을 발달시킨다.

수명도 훨씬 늘어나고, 어떤 병에든 즉각 대응하여 항체를 만들 수 있게 된다. 뇌에서 사용하지 않는 부분들도 활성화시켜서, 지적인 능력도 몇 배나 강화될 것으로 예상되었다.

더구나 장점은 이것으로 그치지 않는다.

남자라면 가장 중요하다고 할 수 있는 정력!

"큭큭. 하룻밤에 열 여자라도 녹일 수 있을 것이야."

유병준은 초인을 만들어 놓을 생각이었다.

막강한 정치권력과 마르지 않는 돈 그리고 여신 베르사의 관리 권한을 준다.

악인이 후계자가 된다면, 그릇된 판단으로 수많은 사람들을 고통과 도탄에 빠뜨릴 수도 있다.

"내가 관여할 바는 아니지. 나의 후계자가 그러한 판단을 내렸다면 오히려 세상이 이를 따라야 할 뿐."

유병준은 스스로의 수명이 그리 오래 남지 않았음을 알았다.

자기 자신도 유전자조작이나 장기이식 등을 통해서 수명을 늘릴 수는 있을 테지만 개의치 않았다.

후계자 탄생을 위한 준비 과정에 스스로의 육체마저도 희생시킬 작정이었던 것이다.

현실 세계에서는 절대 권력자가 그리고 베르사 대륙에서는 말 그대로 신이 된다.

그가 창조한 세상에서 잉태되는 황제!

유병준의 독선적인 야망을 충족시키기에 부족함이 없는 것이었다.

"아이고, 삭신이야."
위드는 온몸이 쑤셨다. 열까지 났다.

- 과도한 체력의 소모가 있었습니다. 체력을 회복할 때까지 휴식을 권유합니다.
체력 회복이 지속적으로 이루어지지 않는다면 감기나 다른 합병증에 걸릴 수 있습니다.
저주에 취약해지며, 지적 능력이 감소합니다.

인도자의 권능을 활용하면서 전투는 그야말로 난장판이었다.
하지만 전투가 힘들었다고는 해도 이렇게 앓을 정도는 아니다.
지금까지 위드가 거쳐 온 전투 중에서 호락호락 쉬운 전투는 없었던 것이다.
"싸움보다는 뒷정리가 더 힘들었어."
무너진 요새의 잔해를 누렁이와 빙룡과 함께 치워야 했다.
"불사조, 넌 오지도 마라."
말 잘 듣는 강아지처럼 충직한 불사조는 아예 부려 먹지도 못했다. 불사조가 접근하면 고열로 인해 잡템들의 내구력이 떨어져서 파괴되어 버리기 때문이다.

빙룡은 킹 히드라와 이무기의 가죽과 고기까지 등에 지고 잔해들을 치워야 했다.

"주인, 왜 내게만 이렇게 일을 많이 시키는가. 나보다 늦게 태어난 녀석들도 있는데……."

빙룡은 거대한 체구로 인하여 힘이 약했다. 가속도가 붙으면 빠르지만 평소에는 그리 민첩하지도 않았다.

그래도 차마 일을 거부하지는 못하고, 그저 누렁이와 불사조에게 미루고 싶어 했다.

간단히, 고참 대우를 해 달라는 요구!

"고기의 양이 많잖아. 그러니까 네가 들어야 돼."

"터무니없는 이유다. 누렁이도 힘은 좋지 않은가."

위드는 당연하다는 듯이 답했다.

"냉동 보관해야지."

고기의 유통기한을 늘리기 위한 방법.

낮은 온도에서는 이무기나 킹 히드라의 고기가 상하지 않는다. 빙룡의 등에 올려놓았으니 극저온으로 꽁꽁 얼어붙을 것은 분명한 사실.

다시 녹이기 전까지 오랫동안 보관이 가능하리라.

"어서어서 움직여. 백 번 일하고 허리 한 번 펴는 거야."

위드의 재촉에 누렁이와 빙룡은 불만 가득한 얼굴로 잔해들을 치웠다.

엠비뉴 교단의 금은보화나 장식품들이 잔해 밑에 깔려 있었다.

무기와 방어구 들은 산산조각이 나 버렸지만, 그 파편들을 입수하는 것도 큰돈이 되었다.

누렁이가 꼬리를 하늘로 꼿꼿하게 세웠다.

"꼬리 펴지 마! 지금은 쉬운 거야. 예전에 내가 일할 때는 화장실도 기어서 갔어! 너희, 이렇게 땅 파면 돈이 나오는 기회가 어디 흔한 줄 알아?"

빙룡이나 누렁이는 가난한 위드에게서 태어난 것을 원망해야 할 뿐!

앉으면 눕고 싶고, 누우면 자고 싶다.

그런 철칙에 따라서 꼬리까지도 접고 일해야 하는 서러운 신세였다.

누렁이는 머릿속 깊이 새겼다.

"돈이란 정말 벌기 어려운 것이구나. 절대 함부로 쓰지 말아야겠다."

위드는 조각 생명체들과 함께 잔해 속에서 많은 양의 보석과 금속 조각들을 찾아냈다.

배낭에 다 넣지 못하여, 재봉 스킬을 이용해서 새로 대형 배낭을 5개나 만들어야 할 정도였다.

이무기의 가죽을 약간 잘라서 만든 배낭은 가볍고 튼튼하

며, 무게를 절반으로 감소시켜 주는 옵션까지 있었다.

"암흑 기사들이 죽어 버린 게 아깝군. 그놈들도 잡았으면 경험치와 아이템이 상당했을 텐데……."

끝없는 욕심들!

"바르칸 이놈은 죽어 주지도 않을 거면서 괜히 열심히 싸워서……."

구시렁구시렁.

"킹 히드라 이놈은 뭐하러 요새를 다 부숴 놔서……."

위드는 힘든 일을 할 때마다 자신만의 비법이 있었다.

남을 원망하면서 일을 하면 능률도 오르고 피로도 덜하다. 고된 노가다를 하면서 성취감은 필요하지 않았다.

그저 멍하니 욕할 뿐.

"주인 잘못 만나서……."

"못된 주인."

빙룡과 누렁이도 그렇게 원망을 하면서 일을 했다.

불사조만이 높은 첨탑에서 고고하게 깃털을 고르고 있었다.

조각 생명체들을 고생시키는 건 틀림없이 위드였는데, 빙룡과 누렁이의 가장 미워하는 대상이 되었다.

"우리는 일하는데 노는 놈."

"제일 나쁜 불사조!"

엠비뉴 교단의 잔해를 모두 치우고 나니 빙룡이나 누렁이나 과도한 체력 소모로 한동안은 앓아누워야 했다.

백약이 무효였지만 위드는 억지로 몸을 일으켰다.

"물건 값이 떨어지기 전에… 빨리 처분부터 해야 돼."

보물들을 들고 있으니 불안하다.

가능한 빨리 현금으로 바꾸는 게 우선이었다.

위드는 마탈로스트 교단의 신전을 찾았다. 막 무너지기 직전의 허름한 신전 벽면이 희미하게 빛이 났다.

"저곳이 숨겨진 방이로군."

벽을 밀고 들어가니 보이는, 발동되지 않고 있는 대형 포탈. 마치 하얀빛의 거울을 보는 것 같았다.

다른 곳으로 텔레포트할 수 있는 포탈을 만들기 위해서는 엄청난 금액의 돈과 보석, 마법사들의 지원이 필요하다.

"그래도 완성되기만 하면 도시 간의 이동이 꽤나 간편해지지."

베르사 대륙의 성과 거대도시에는 텔레포트 게이트가 만들어져 있다. 다만 하루에 이동시킬 수 있는 무게나 크기에 제약이 있어서 상업에 사용할 수는 없었다.

마나석과 전담 마법사까지 배치해야 되니, 유지하는 데에도 많은 돈을 들여 써야 하는 셈.

그에 비해서 대형 포탈은 두 공간을 하나로 이어 놓는다.

물론 무게나 인원수 등의 제약은 어느 정도 받지만, 텔레포트 게이트에 비해서 여유가 있는 편이다. 최초의 설치만 이루어지면 유지 비용도 거의 들지 않는다.

"포탈을 이을 장소는 이미 정해 놨지."

위드는 곧바로 모라타 성의 중심부로 포탈을 열기로 했다. 다른 장소는 떠올릴 필요도 없이 선택을 한 것이다.

"모라타 성으로 포탈을 연결하라."

그 순간, 푸른빛의 포탈이 발동되었다.

위드는 성큼 포탈 안으로 걸음을 옮겼다. 누렁이도 어슬렁거리면서 뒤를 따랐다.

"누구 식료품 파실 분! 종류 가리지 않고 몽땅 삽니다."

"멀리 벨나인 왕국에서 특산품이 도착했어요. 말린 과일 껍질 맛보실 분! 달콤합니다."

"귀금속 도매상 골드리치 상점에 오세요. 전문 귀금속에서부터 희귀 광석까지 골고루 취급합니다."

모라타 성의 광장에서는 상인들이 노점을 펼치고 있었다.

사냥과 퀘스트를 위해 북부로 발길을 옮기는 유저들이 수도 없이 많다. 그들을 위한 도시가 되어 커진 모라타는, 북부 전체의 수도 역할을 하는 중이다.

위드가 연결한 포탈은 광장의 중심부에 열렸다.

하늘에서부터 일직선으로 떨어진 푸른빛이 점점 범위를 확산시키더니, 넓은 포탈이 만들어진다.

"어라, 저게 뭐지?"

"저거, 나 본 적 있어. 이동 포탈인 것 같은데."

"이동 포탈이 광장에 생긴다고?"

상인들이 놀라서 잠시 상행위를 멈췄다.

구경꾼들은 삽시간에 몰려들었다.

"퀘스트일까?"

"몬스터가 나올지도 몰라."

무슨 사고를 기대하면서 무기에 손을 올리는 전사나 주문을 영창하는 마법사도 있었다.

모라타의 광장은 개발되지 않았을 때부터 넓은 편이었고, 구획정리가 이루어지면서는 광대하게 확장을 했다.

상인들이 수백 명은 장사를 하고 있었고, 잡템을 팔던 유저나 퀘스트를 위하여 동료를 구하고 있는 사람들까지 모였다.

광장의 빼곡한 인파가 보는 가운데 이동 포탈이 완성되는 셈!

위드는 다른 장소는 염두에 두지도 않았다.

'꼭 이곳이어야만 해.'

부동산 투기의 핵심.

사람들이 빈번하게 몰려 있는 장소에 투자해야 한다.

전철역 인근, 대형 마트, 백화점 주변이야말로 가장 장사가 잘되는 장소.

이동 포탈의 통행료를 징수하고 이용자를 늘리고 덤으로

상업도 발달시키려면 광장에 만드는 게 필수였던 것이다.

 백화점이나 마트에서 왜 반드시 엘리베이터보다는 에스컬레이터 이용을 적극 권장하겠는가.

 그것은 다 이유가 있는 법!

 푸른빛의 이동 포탈이 완성되자마자 위드가 등장했다.

 "위드다."

 "대조각사 위드! 모라타의 영주가 돌아왔다."

 방송이 종료된 지 얼마 안 되었기에 위드를 알아보는 사람들이 많았다.

 위드가 엄청난 인기 속에서 등장했다.

 "후……."

 위드는 따가운 햇볕을 손으로 가리는 척하면서 주변을 훑어보았다.

 적어도 수천에 이르는 사람들이 그를 보고 있다. 성벽 위, 상가 건물에서도 창가로 와서 위드를 구경하고 있었다.

 "역시 나의 명성으로 인해서 이렇게 사람들이 모이게 된 것이로군."

 적지 않게 만족하고 있는 찰나!

 잡템을 팔고 있던 젊은 상인들의 말이 들렸다.

 "수일아, 저 형이 위드야?"

 "쉬잇! 말조심해. 들릴지도 몰라."

 "그렇게 잔인하고 성질머리 더럽다던 마법의 대륙의 위드가 정말 저 사람이야?"

"……."

마법의 대륙 시절의 위드!

그는 실로 무자비한 폭군이나 다를 바가 없었다.

TO BE CONTINUED

기갑천마

거짓이슬 퓨전 판타지 장편소설

종말을 막지 못한 절대자
복수의 기회를 얻다!

무림을 침략한 마수와의 운명을 건 쟁투
그 마지막 싸움에서 눈감은 무림의 천하제일인, 천휘
종말을 앞둔 중원이 아닌 새로운 세상에서 눈을 뜨는데……

"천휘든 단테든, 본좌는 본좌이니라."

이제는 백월신교의 마지막 교주가 아닌 평민 훈련병, 단테
그럼에도 오로지 마수의 숨통을 끊기 위해
절대자의 일 보를 다시금 내딛다!

에이스 기갑 파일럿 단테
마도 공학의 결정체, 나이트 프레임에 올라
마수들을 처단하고 세상을 구원하라!